わかっていますよ 旦那さま。
どうせ「愛する人ができた」と言うんでしょ？
~ドアマットヒロイン、
額をぶつけ
前世が大
だった事
ジゼル・ギルマン
年齢：19歳
立場：ギルマン家の若奥様
横暴な使用人に嫌がらせをされ転倒。そのショックで前世が大阪人であったこと、ここがラノベの世界であり自分が旦那に捨てられるモブ妻だと知る。自分から出ていく！　と決心したものの旦那が追いかけてきて……!?
クロード・ギルマン
年齢：23歳
立場：ギルマン家当主
騎士であるが故に王族に振り回される不憫キャラ。ジゼルのことが大好き……！

アドリアン・サブーロフ
年齢：33歳　立場：騎士隊長
恐妻家であり愛妻家。
妻が筋肉好きのため、日々のトレーニングを欠かさない。

わかっていますよ
旦那さま。
どうせ
「愛する人ができた」と
言うんでしょ？
～ドアマットヒロイン、
頭をぶつけた拍子に
前世が大阪のオバチャン
だった事を思い出す～
キムラましゅろう
illustration
花宮かなめ

contents

プロローグ　えらいこっちゃやで……!

「ったく、奥さま？　あなたは曲がりなりにもこのギルマン家に嫁いできた若奥さまなんですからね？　任地から戻られない旦那さまの代わりくらいしっかり務めていただかないと困るんですよ？」

「あ、ごめんなさいっ、まだ貴族のしきたりとか全然わからなくて」

「ご婚約が成立して、そして結婚式を挙げられた時はまだ旦那さまもただの平民騎士でしたから、奥さまみたいな教養のない人でも奥方が務まる算段だったんでしょうがね。今や旦那さまはご任地で武功を立て騎士爵を賜った立派なお貴族さまですよ！　しっかりしてもらわないと旦那さまにご迷惑がかかりますからね！」

「ご、ごめんなさい、頑張るわね」

婚家の下男にネチネチと嫌味をのせた言葉で責め立てられながら、ジゼルは各方面に送る夫の叙勲祝いの礼状を必死に認《したた》めた。

ジゼルは幼い頃から不遇な娘であった。

流行病で両親を一度に亡くし、父の実弟であった叔父に引き取られたはいいものの、従兄とは明らかに差別された恵まれない暮らしを強いられてきた。

着るものも食べるものもないよりはマシというレベル。

国の政策で中等部まで義務教育は受けられたけれど「女に学問は必要ない」と言われ、それどころかメイドのようにこき使われて生きてきたのだ。

しかし一八の年に、叔父の経営する商店と取引のある騎士団から縁談が持ち込まれ、拒否権もないままにあれよあれよと嫁がされたのがこのギルマン家である。

ジゼルの夫となったクロード・ギルマンは平民ではあるが近衛部隊に匹敵する役割を持つ隊の王宮騎士で、ダークブラウンの髪に深いブルーの瞳を持つ、長身痩躯《そうく》の美丈夫だ。

本当にこんな綺麗《きれい》な顔の人と結婚しても良いのだろうかと初顔合わせの日にジゼルは思ったものだ。

当時後継者争いで王宮が荒れに荒れ、そのせいで多忙を極めていたクロードと次に会えたのは結婚式当日。

まだ一度しか会ったことのない人物と結婚して上手くやっていけるのだろうかとジゼルは気掛かりだったが縁あって家族になったのだ、これから時間をかけてゆっくりわかり合えばいい。

地獄のような叔父一家との暮らしから抜け出せたのだから、それだけでも感謝しなくてはいけない。

と、そう思っていたのだが……。

結婚式の翌日、王宮後継者問題の事態が急変した。

夫となったクロードは騎士団からの緊急招集に応じそのまま登城。

そして第二王子ジェラルミン殿下の護衛騎士として殿下の避難先の地方都市へと行ってしまった。

そしてその避難先で数多くの刺客からジェラルミン殿下を守っただけでなく、首謀者であった第三王子が関与していたことを示す証拠を調べ上げたのだ。

その証拠品により第三王子は言い逃れもできず失脚、元々玉座になんの興味もなかったジェラルミン殿下は実兄である王太子に王位継承権を破棄してもいいと告げ、恭順の意を表明した。

それにより後継者争いにピリオドが打たれたのである。

この件での功績が認められたクロードは一代限りではあるが騎士爵を賜り、ジゼルはいきなり貴族の奥方となってしまったのであった。

それだけなら虐げられていた叔父の家から抜け出した上に結婚した相手が大出世を遂げた、棚からぼた餅のラッキーなお話なのだがそうは問屋が卸さなかった。

後継者問題が片付き、ジェラルミン殿下は王都に戻ったというのになぜかクロードが戻らない。

騎士団からの使いの者の話ではジェラルミン殿下の命により、とある諸用のために残っているのだと言うが……。

その諸用とやらが終わればきっと帰ってくる。

きっともうすぐ帰ってきて、きちんと夫婦として暮らしてゆける、ジゼルはそう自分に言い聞かせた。

しかしひと月が過ぎても三カ月が過ぎても半年が過ぎてもクロードは戻らなかった。

次第に元々はクロードの父に仕えていたという下男のドアンとキッチンメイドのダナ夫婦が、クロードが戻らないのはジゼルのせいだと言い始めたのだ。

生来大人しい性格で、叔父の家で小さくなって暮らしていたことにより気弱な娘へと成長したジゼルがそれを否定することも怒ることもできずにいると、夫婦は増長してジゼルを虐げるようになったのだ。

やれ旦那さまは任地でご自分にもっと相応《ふさわ》しい女性と恋仲になったのだとか、
やれ騎士爵を賜ったことで平民の平凡な妻では嫌になったに違いないとか、

やれジゼルがこの家に居座る限り旦那さまは戻ってこないだとか、クロードが戻らないのは全てジゼルのせいだと言い立てる。

それに対しジゼルは、

「確かにあんなに見目の良い旦那さまが私なんかが妻では不満に感じても仕方ない」

とか思って自分で自分を萎縮させてしまっていた。

そんな調子であるから下男夫婦は何かとジゼルに不遜な態度を取り続け、屋敷を我がもの顔で管理するようになった。

クロード《主》が不在なのをいいことに勝手に客室に住み出したり、クロードの私物を使ったり、毎月クロードから送金される生活費に手をつけたりと本当にもう、やりたい放題であった。

そうやって自分たちのいいようにこの家を牛耳るようになった下男夫婦は高圧的な態度で気の弱いジゼルを反抗しないように怯《おび》えさせ、行動を監視して自由に身動きがとれないようにした。

そして次第にジゼルに対し陰湿ないじめを繰り返すようになる。

新婚早々夫に見向きもされず放置されている妻と罵ったり、自分たちの仕事をジゼル一人に押し付けたり。

これでは叔父の家にいた頃となんら変わりはないではないかとジゼルは思うも下男夫婦が怖くて逆らえない。

そんな日々が続く中、ある日ジゼルは大量の洗濯物を運ばされている最中に、下男に足を引っ掛けられるという嫌がらせを受けた。

なぜ下男がそのようなことをしたのか、それは当然ジゼルをいじめるのが面白いからである。

「きゃあっ」

抱えていた洗濯物を盛大にぶち撒《ま》けてジゼルは派手に転ぶ。

そしてその拍子に運悪く頭をしたたかに打ち、目の前に火花が走った。

その火花と同時に、壊れかけの魔石ランプの明滅のようにチカチカと様々な映像がジゼルの目の前に現れる。

実際に見ているわけではない、大量の記憶が洪水のように頭の中に流れ込んでくるのだ。

だがその記憶は〝ジゼル〟のものではない。

〝ジゼル〟だった前の〝自分〟の記憶だと、なぜかすぐに理解できた。

そしてジゼルは全て思い出したのだ、
前世自分はここではない世界、日本という国の、大阪という街の、オバチャンというイキモノで
あったということを……！

ジゼルはその驚愕《きょうがく》の事実に呆然《ぼうぜん》となり、前世の言葉使いでつぶやいた。

「えらいこっちゃやで……！」


婚家の下男に虐げられ、足を引っ掛けられ転倒した際に頭を打ったジゼル。

その瞬間に様々な記憶が頭の中に流れ込んでくる。

いや、蓋が開いて記憶が中から飛び出してきた、という方が正しいのかもしれない。

そびえ立つ通テン閣、鉄板の上で香ばしく焼き上げられるお好み焼き、二度漬け禁止という張り紙を見ながら「じゃあたっぷり染み込ませないと」と思いながらじっくりソースの海に沈める串カツ、「ヒョウ柄ちゃうで！　これはレオパ柄っていうんや！」と全身ピンクのヒョウ柄の服を着てそう豪語する近所のおばぁちゃん、近所のモータープールの看板、冷コーにフレッシュ、茶ァしばきに行こか〜……

それら全てがジゼルの頭の中で溢《あふ》れ、そしてジゼルは思い出す、かつての自分が生きていた世界を。

今生きている世界とは異なる世界の日本という国の、大阪という街で暮らしていた自分を。

そして四〇代という若さで病によりその人生に別れを告げ、今はこうしてかつて異世界と呼んだ世界に生まれ変わっていることを理解する。

『ちょい待ち？　これはよくラノベで読んだ憑依《ひょうい》した、とかとはちゃうよな？　どっちかいうたら今のジゼルとしての記憶の方が生々しいし……ということはこれって生まれ変わり？　異世界転生ってやつ⁉　大阪のオバチャンやったウチが今世は異世界で生まれ変わったたっちゅーこと⁉』

などとジゼルがすぐにこの考えに至るのには訳があった。

じつは前世のジゼルは……本名浪速花子《なにわはなこ》は、大のラノベ好きで数多《あまた》の異世界転生ものの物語を網羅し尽くすほどのラノベオタクだったのである。

今、ジゼルが陥っている事態こそ、前世の浪速花子時代に散々読み散らかした異世界転生もののシチュ、そのものなのだ。

『え？　え？　マジ？　え？　ホンマ？　ホンマにウチって転生したん？　え？　でも転生ゆーたら普通は公爵令嬢とか男爵令嬢とか聖女サマとかそこらへんやんな？　なんでまたこんな騎士の妻

なんて超モブポジションに転生したん？　ん……？　ちょい待ち？　騎士を夫に持つ超モブの妻？　なんか記憶にあるな、かつて読んだ、というか天に召される前に最後に読んだラノベの中でそんな奴おらんかったか？　確かえっと……えっと……』

必死に記憶を手繰り寄せ、答えを見出そうとしているジゼルに、下男が不穏な声色で話しかけてきた。

転倒してそのままうずくまり動かなくなったジゼルを見て、さすがにまずいと感じているのだろうか。

「奥さま……？　大丈夫です、か……？』

下男がうずくまるジゼルの顔を覗《のぞ》き込む。思い出すのに必死なジゼルはそれにはお構いなしにブツブツと何やらつぶやいていた。

それを見た下男が不遜な態度で偉そうに言う。

「なんですかっ？　下手な芝居はやめてくださいよっ」

『うるさいなぁ。今大事なコト思い出そうとしてるねん、ちょっと黙ってて！　そうや……確か、ドアマットヒロインが最後は逆ハーでウハウハする話の中で、そのヒロインに恋した夫に別れてくれと捨てられる妻がおったな……』

「奥さま、そんな大層なフリをして、どうせ大して痛くないんでしょう？」

『……そう、名前すら出てけぇへん超モブの妻。そして確か、騎士である旦那の名前は……』

「そうやっ！　クロード・ギルマン！　騎士の名前はクロードやっ！　っていうかウチはその超モブ妻に転生してもーたんかっ⁉」

いきなりガバリと立ち上がってそう叫んだジゼルを、下男は目を丸くして見た。

そして当然の如くジゼルを責めるように言う。

「ちょっと！　……なんなんですっ？　頭をぶつけたようですがおかしくなったんですかっ？　そんな、大袈裟《おおげさ》なんですよっ！」

突然蘇《よみがえ》った前世の記憶でいっぱいいっぱいになっているジゼルに足を引っ掛けた当の本人の下男が言った。

その言葉にジゼルがピクリと反応する。

「……は？　大袈裟……？」

下男の言葉に瞬きを繰り返すジゼルを見て、大した怪我はしていないとわかった下男が安堵《あんど》しながら再び不遜な態度で言った。

「おひとりで勝手に転んで怪我でもされちゃあ、私どもが迷惑するんですよ。ったくのろまな上に鈍くさいなどと、ホント使えない奥さまですねぇ」

嫌味たっぷりにそう口にした下男。

そして黙って聞いていたジゼルを嘲笑し、「せいぜい気をつけてくださいよ」と言い残しその場を去ろうとした。

しかしその時、背を向けた下男に向かってジゼルがぽつりと告げる。

「…………ちょい待ち、」

「はぁ？」

これまた使用人にあるまじき不遜極まりない態度で振り向いた下男を見て、ジゼルはゆらりと立ち上がる。そして下男目掛けて勢いよく洗濯カゴを投げつけた。

「ぶへっ」

カゴは見事に顔面に当たり、下男は顔を押さえて後ずさる。

それを許さないとばかりにジゼルは下男の胸ぐらを摑《つか》み上げた。

ジゼルよりも背の低い下男が引き上げられる形になる。

そして下男の眼前には眉間に深い皺《しわ》を寄せ、目の据わったジゼルの顔があった。

「お、奥……さま……?」

「なに人が勝手に転んだみたいにゆーとるねん?　あんたが足を引っ掛けたから転んだんやろ?」

今までジゼルから聞いたこともないようなドスの利いた低い声で言われ、下男は理解が追いつかないようだ。

「へ?　……は?　わ、私が?　い、言いがかりなんてやめてもらえませんか……っぐえっ」

なおもしらを切る下男の胸ぐらをジゼルは更に締め上げた。

「何が言いがかりやねん。あんたに足を引っ掛けられて転んだんは間違いないんや」

「お、奥さまっ?　き、急にど、どうされたんですっ?　とにかく私は何もしてませんよっ、ただ奥さまの横を通りかかっただけですっ……」

「そんなら何か?　あんたの足が長ぉてウチの足元まで伸びてきたんか?　んなわけないやろっ!　盆飾りの茄子《なす》の牛みたいな体型しよってからに!　そんな申し訳程度の足の長さで届くかボケっ!」

「ヒ、ヒィッ……!?」

「お、奥さまっ⁉　何してるんですっ？」

ギリギリと胸ぐらを締め上げるジゼルにおののく下男の様子を見て、下男の妻であるキッチンメイドが金切り声を上げた。

ジゼルは下男の妻に射殺さんとばかりの目線を向け、言い放つ。

「やかましいわこの性悪女がっ！　今までよくもネチネチといじめ倒してくれよったなっ！　しかもウチよりもええもん作って勝手に食いよって！　食べ物の恨みの分、あんたはこのカスよりも重罪じゃタコっ‼」

ジゼルはそう言うと、下男を妻の方へと力いっぱい押し出した。

下男はバランスを崩し、妻にぶつかり二人一緒に倒れ込む。

「きゃあっ」「うわっ」

そんな二人にジゼルは躙《にじ》り寄る。

そのただならぬ雰囲気と、今まで気弱でおどおどしていたジゼルの変貌ぶりに下男夫婦はたじろぐばかりであった。

「お、奥さまっ……？　性格がっ……それにその話し方っ、ま、まるで別人だっ……」

「せやなぁ……誰かさんのおかげで頭しこたまぶつけてええこと思い出せたわ、ホンマおおきになぁ？　そうか～……ウチは超モブ妻かいな……そら旦那さまが帰ってこぇへんのも納得やな～……ん？　ちょい待ち？　どうせこのまま待ってても捨てられるだけなんやろ？　せやったらもうこんなクソカス共と一緒に暮らすよりもさっさと出ていった方がええんとちゃう？」

「え？　出、出ていくっ……？」

ジゼルは自分のその素晴らしい思いつきに表情を輝かせた。

そしてパンッと威勢よく自分の両手を合わせて声高らかにこう言った。

「そうやん！　なんでウチが大人しぃ待ってなあかんの？　捨てられる前にこっちから捨てたったらええねん！　そうやそうや！　出ていこ！　そうしよっ！」

「は？　ええっ？　奥さまっ？」

繰り返される不穏な発言に狼狽《うろた》える下男夫婦を、ジゼルは睨《ね》めつけた。

「〝奥さま〟なんてゴマ粒ほども思ってへんくせによぉゆうわ。良かったな？　平凡で教養のない、のろまで鈍くさい嫁は出ていったるわ。そんでもって任地から旦那さまが戻ってきたら三人で祝杯でも挙げたらええわ」

「な、何をっ……で、出ていくなんていけません！」

主人の留守中に曲りなりにも妻という人間を出ていかせるなどとよほど体裁が悪いのだろう。

狼狽え続ける下男夫婦にジゼルはしたり顔で微笑んだ。

「あ、そうそう。転ばされた礼がまだやったなぁ？」

「え？　な、何を……一体何をするつもりですっ……？」

ジゼルは笑みを浮かべたまま、引っ掛けられた方の足を引き……

「さぁ？　ナニをするつもりやろ……なっ！」

そして下男の股間を思いっきり蹴り上げた。

(それでも本人いわく手加減したらしい)

「オゴアッ……！」

「キャ——っ！　あ、あんた——っ！」

泡を吹いてうずくまる下男を見て妻が悲鳴を上げた。

「あースッキリした！　ほな、さいなら」

ジゼルは二人にそう告げると自室に戻り、婚約の記念として夫クロードから贈られた指輪やネックレス、そしてクロードに用意してもらっていたワンピースドレスなど、トランクに詰め込めるだけ詰め込んだ。

「こんな家、あんな旦那、こっちから願い下げやわ！」

そう言ってジゼルは、結婚後初夜でしか夫と一緒に過ごさなかった家を飛び出したのであった。

第一章 新生活と異世界タコパ！

「まいどおーきに！　また来てな～」

「お姉さん威勢がいいねぇ。その方言はクルシオ王国のカンサイ州出身の人？」

「あぁ、異世界《こっち》でも関西弁に似た言葉を話す土地があるんでしたねー」

「え？」

「いえいえ、こちらの話です。気にせんといてくださ い～♪」

食堂の客とそんな会話をしているジゼル。

彼女が前世の記憶を取り戻し婚家であるギルマン家を飛び出して二週間が過ぎていた。

あの後、家を出たジゼルはすぐに質屋へ飛び込み、クロードにもらった装飾品の数々を現金化した。

(結婚指輪は一応まだ手元にあるが離婚が成立したらさっさと金に換える予定であるらしい)

「もろた物を勝手に売るんは悪いと思うけど、ウチかてひとり立ちせなあかんもんなー。背に腹は代えられへんし。これはアレ、慰謝料や」

と自分でそう理由づけしてその金銭で小さなアパートを借り、生活のためのアレコレを調えた。

そしてアパート近隣の食堂の求人の張り紙に飛びつき、無事に職も得たのである。

こうしてジゼルは前世の自分と今世の自分、浪速花子とジゼルとして新しい人生を踏み出したのであった。

生まれて初めての一人暮らしはとても快適だった。

誰かの顔色を窺《うかが》う必要もなければ誰かにこき使われることもない。

全てが自分中心に進み、自分のためだけの家事や仕事を営む生活。

その開放感たるや前世ぶりだ。

浪速花子の記憶を取り戻した今となってみれば、よくもあんな虐げられ踏みつけられる生活に甘んじていたものだ。

うんと幼い頃ならいざ知らず、外で働けるような年齢になった時にさっさと家出すれば良かったものを。

浪速花子なら絶対にそうしている。

同じ苦労するなら自分のためだけに苦労する方がよほどマシだから。

『まぁジゼル《今世の私》は子供の頃から虐待されとったもんな……逆らわへんよう、逃げ出せへんように洗脳に近い恐怖を植え付けられとったんやわ』

前世の記憶が蘇ったことにより、強烈な方の性格に引っ張られて今はこんな感じのジゼルになったが、やはり記憶が戻る前のジゼル本人に変わりはない。

だけどこれまでの自分を客観的に見られるようになったのは確かだ。

ジゼルはかつての自分を「よう頑張ったな、もう大丈夫やで」と抱きしめてやりたい気分であった。


夜、自宅アパートの小さな浴槽に浸《つ》かりながらジゼルは考える。

『今世のウチの夫の名はクロード・ギルマン。そしてこの国の名前はアブラス王国。数十年前に大賢者の弟子がもたらしたという魔鉱泉を財源とする豊かな国』

あのラノベの舞台と全く同じだ。

物語の中の自分はヒロインに惹《ひ》かれた夫クロードに一方的に別れを告げられる名前すら出てこないただのモブキャラだったが……。

「ちゃんとジゼルって名前があったんやな、……当然か……」

ジゼルは改めて物語のあらすじを思い起こした。

「ヒロインは訳あって市井で生きてきた王女さま。

たしか王太子殿下が偶然訪問先の救護院で働くヒロインを見つけてんよな」

古代王家特有のタンザナイトの髪色を持つヒロイン、アイリス。

現国王だけが先祖返りとしてその髪色を持っているのだ。

その髪色を持ち、市井にいる娘を父王が密かにずっと捜し続けていることを知っていた王太子はアイリスが異母妹に間違いないと保護するのだ。

それまでの彼女は見るも涙、語るも涙の虐げられそして踏みつけられ続けた、まさにドアマットヒロイン。

王太子に保護され、その中で護衛騎士や王宮魔術師や文官たちと出会い、彼らからの愛情を一身に受ける愛されヒロインへと変貌を遂げるのだ。

「その中にウチの旦那もおるわけか、アホらし」

ジゼルは湯船のお湯をぱしゃりと指で弾《はじ》いた。

前世の浪速花子時代は艱難《かんなん》辛苦を乗り越え愛される喜びを知ってゆくアイリスに胸熱になったものだが、いざ自分がそのヒロインに夫を奪われる立場になると面白くもなんともない、甚だ迷惑なだけのお話である。

記憶が呼び覚まされた時は混乱していて、クロードが帰ってこないのはヒロインに夢中になっているからだと思ったが、よくよく思い出してみれば時系列が合わないのだ。

ストーリー上で夫クロードがアイリスと出会うのは妻であるジゼルと結婚して一年半後のはず。式当日から数えて今日で結婚して七カ月。

二人の運命的な出会いまであと一一カ月ほどある。

「じゃあクロードが帰ってこぇへんのは単に任務か……」

原作でも王家に忠誠を誓う生真面目なキャラだったクロード。

表情筋が仕事しない寡黙で近寄り難い雰囲気であると描写されていた。

「ん？　でも顔合わせと結婚式、まだ二回しか接してへんけどそんなイメージではなかったような気がするな」

どちらかというと物腰が穏やかで表情筋はちゃんと仕事をしていたと記憶する。

生真面目そうな雰囲気はそこはかとなく醸し出していたが。

「まぁなんでもええわ。ウチにはもう関係ない人や。いつかわからんけどクロードが任地から戻って事の次第を知ったら、ウチを捜し出して離縁状を持って現れるやろ」

今はまだヒロインアイリスと出会っていないにしろ、新婚の妻を七カ月間も放置して平気なのだ。

騎士爵を叙爵されて凱旋《がいせん》して、地味な平民妻が出ていったと知ったらもうそれは歓喜することだろう。

あのクソボケ下男が言ったことを肯定するのは癪《しゃく》に障るが、今の彼ならきっと改めて下位貴族のご令嬢を妻に娶《めと》りたいと考えるはずだ。

「アイリスは庶子やけど一応王女さまやしね」

物語の中では儚《はかな》げな美少女と描かれていたアイリス。

きっとクロードと並んでも遜色ない、お似合いの二人となるのだろう。

「まぁアイリスのハーレムの中の一人にすぎんけどな。それでも側《そば》にいられるなら構わんってか、ほんまアホらし」

こちとらそんな捨てられる運命とも知らずに乙女の純潔まで捧げてしまったというのに。

「もぅええわ。旦那なんか別に要らん! ウチは一人で強く生きていくんや!」

ジゼルは自分をそう鼓舞して、威勢よく浴槽の中で立ち上がった。

「お金と元気さえあればなんとでもなる! 居《お》っても居らんでも一緒の旦那なんかこのままオサラバやっちゅーねん!」

⁂

「いらっしゃい!」

今日もジゼルは食堂で元気よく働いている。

開店準備から始まりランチタイムを経て三時間の休憩を挟み、閉店まで実働八時間労働だが叔父の家でこき使われ、婚家では下男夫婦に雑用を押し付けられてきたジゼルにとってはなんてことはない。

虐げられる精神的な苦痛がない分、遊んでいるような感覚すらしているくらいだ。

店主も常連客はひと言もふた言も多いけど皆いい人ばかりだし、おまけに美味しいまかない付きときたもんだ。

アパートからもほど近く治安もいい区域にある。本当によい職場に巡り会えたとジゼルは喜びを噛《か》み締めていた。

そして今は店の新メニューの試作品であるモツ煮込みを噛み締めている。

「ん～！　美味しいっ！　めっちゃええ味やわ店主《マスター》」

試食を頼まれたジゼルがモツ煮込みに太鼓判を押すと、食堂の店主は嬉《うれ》しそうに表情を緩めた。

「ホントかい？　グルメなジゼルちゃんにお墨付きをもらえたなら大丈夫だな。じゃあ新しいメニューとして店に出そうか」

「グルメかどうかはわからんですけど、食い倒れの街で育ったから食べることはめっちゃ好きですわ」

「クイダオレ？」「そんな名前の街があったかな？」という店の客の声が聞こえたがそこはスルーだ。ていうか説明するのが面倒くさい。

ジゼルは店主にもう一つ感想を述べた。

「強いて言うならモツの臭みがちょっと気になるからジンジャーをすりおろして入れたら女性でも食べやすくなるかも。女性の観点からの意見も参考になるなぁ」

「さすが。女性の観点からの意見も参考になるなぁ」

「さすがは下町の女豹《めひょう》だな！」

「誰が女豹やねん！」

ジゼルと店主と常連客があーだこーだと試食品を挟んで会話をしているところに、店の常連客の一人である壮年の男性魔術師が「どうもマスター、もう休憩入っちゃう?」と言いながら入ってきた。

常連客なのでランチタイム後に店が休憩に入るのも当然知っている。

確かこの魔術師の名前はロウドといって、近所の魔力を持つ子供たちが通う魔術教室を開いているはずだ。

そのロウドに店主は言った。

「もうすぐ休憩に入るつもりだけど、どうしたんだい?」

「今日はうちの教室で魔術弾の実技練習をしているんだが、みんな熱心に練習してお腹を空かせているようなんだ。何か生徒たちがつまめるような軽食を注文したいんだが、ダメかな?」

ロウドがそう言うと、店主は時計を見ながら尋ねた。

「何人分だい? 軽食ならなんでもいいのかい?」

「六人分だ。もちろん、急遽《きゅうきょ》お願いするわけだからなんでもいいよ」

「じゃあドーナツなんかどうだい? 輪っかじゃなくて棒状にして油で揚げて砂糖をまぶすヤツ。それならすぐにできるよ」

「いいね、それだったら片手で立ったままで食べられるし。お願いできるかな?」

「はいよ! 出来上がったらジゼルちゃん、届けてくれるかい?」

「はーい」

そうして店主は注文を受けたドーナツを作り始め、ジゼルは出来上がったそのドーナツをロウドの魔術教室へと配達した。

魔術教室の建物の中に入ると鉄のような硬いものにボールか何かを打ち付ける音が聞こえてくる。

ジゼルはそこにロウドがいると考え、音がする部屋へと向かった。

そしてドアをノックして訪《おとな》いを告げる。

「まいど～下町食堂の者です～ドーナツのお届けに来ました～」

ドアからひょっこりと顔を出すと、ジゼルに気づいたロウドが手招きした。

「あ、ジゼルちゃんご苦労さま！　こっちに持ってきてくれるかい？」

「はいはーい！」

「先生が言ってたドーナツだ！」「ドーナツがきた！」「わーい！」

魔術教室のがきんちょたちが一斉に、ドーナツを持つジゼルに群がる。

「わわわ、ちょい待ち！　慌てんでもドーナツは逃げへん！」

「お姉さん早く！」「おばさん！」

「誰がオバサンやねん！　美人なお姉さんと呼び！」

「美人なお姉さん！　お願いします！」

「しゃーないな」

異世界でもこういうやり取りは変わらんのやな、と思いながらジゼルは部屋の中にあった机の上に沢山のドーナツが入った容器を置いた。

ロウドがジゼルに言う。

「ありがとうジゼルちゃん」

「こちらこそまいどおーきに」

ジゼルはロウドにそう返してから「マスター特製の棒ドーナツや。たんとおあがり」と子供たちに告げた。

「やった!」「わぁ美味しそう!」

途端に勢いよくドーナツに飛びつく子供たちにジゼルが言う。

「ちゃんと先生にお礼といただきますって言いや~」

「はーい先生ありがとう!」「ありがとう先生いただきます!」「おばちゃんもありがとう!」

「誰がオバチャンやねん!」

最後のオチを忘れないとは……なかなかの逸材が揃《そろ》っている魔術教室や……と、ジゼルは別の意味で感心した。

そんなジゼルが部屋の中をふと見渡すと奇怪な光景が広がっていた。

ランドセルくらいの大きさの鉄板が生徒の人数分壁に取り付けられているのだ。

そしてよく見るとその鉄板はゴルフボールよりもひと回り小さいくらいの半球のような形状で凹んでいた。

ジゼルは純粋な好奇心からそれが一体なんなのかロウドに訊《き》いてみた。

「ロウド先生、これは一体なんですか?」

自身も子供たちに負けじとドーナツにかぶりついていたロウドが答える。

「これはね、魔術弾の練習をしているんだよ」

「魔術弾?」

初めて聞く言葉だ。前世はもちろんのこと、今世でも魔力のないジゼルには無関係の世界だから。

「魔術弾とはね、指先に魔力を込めて、瞬発的に打ち出す術なんだ。わかりやすく言えば弓のような飛び道具だね」

「そ、そんなんがあるんですか……！」

「今日はその魔術弾の威力を高める練習で、そのために鉄板を用意してそれに向かって撃つようにしてるんだ」

「え、でも子供にそんな危ないものを教えて大丈夫なんですか？」

「だから一三歳以上からと魔法律で決められているし、魔術の元になる術式は生き物に向かって撃てないように構築《プログラム》されているんだ。それに責任者がついている練習時にしか用いられないように時間制限があるから問題ないよ」

それを聞いてジゼルは安堵して思わず唸《うな》った。

「うーん、なるほど～！　よォ考えられてる～！」

「魔術師試験二級に合格したら使用制限が解除《外》されて有事の際に使用できるようになる。弾として放出した魔力は遺伝子のように個人を特定するものだから、犯罪などで使用したら簡単に身元を特定できるから悪用する人間はほとんどいないんだ」

「弓とか他の飛び道具よりも犯人の足がつきやすいんですね」

「そういうことだよ」

「はぁ～！」

ジゼルは感動した。魔術のある世界に転生した実感が今更ながらに湧いたのだ。

贅沢《ぜいたく》をいえば自分も魔力を持って転生したかった。

夫となったクロードは高魔力保持者だと聞くが、それはジゼルには関係のないことだから。

ジゼルは子供たちが練習に使った鉄板をしげしげと見つめた。

『すごいなぁ……上手い子はきっと絶妙な力加減なんやろうな。均一に鉄板が凹んでる。まだ上手に扱われへん子のは板を貫通したり凹みが甘かったりしてるわ』

ふーん……と感心しながらなおも凹んだ鉄板を見つめる。

なんだろう、不思議な既視感がある。

この凹んだ鉄板、以前どこかで見かけたことがあるような……。

そんな考えを抱きながらジゼルはじっと鉄板を見つめ続けた。

すると脳裏に浮かぶは熱くなった鉄板の上で転がる球状の物体。

ジュウジュウと耳に届く心躍る楽しい音。そして鼻腔《びくう》をくすぐるカリカリに焼けてゆく香ばしい香り。

それは……

「たこ焼き器やっ!!」

気づいた瞬間に叫んでいた。

口に出すとなおさらに浪速花子時代の記憶が鮮明に蘇る。

厚みのある丈夫な鉄板に半球状に凹んだ穴、それすなわちまさしくたこ焼き器であった。

ジゼルはロウドに向かって言った。

「ロウド先生っ!　この練習済みの鉄板、ど、ど、どうしはるんですかっ!?」

「え?　金属の回収業者に引き取ってもらうけど?」

「ここここの鉄板！　一つウチに買い取らせてもろてもええですかっ⁉」

「ジゼルちゃんが？　か、構わないけど……こんなもの一体なんに使うんだい？」

ロウドが不思議そうにジゼルに尋ねると、彼女はニヤリと口の端を上げて答えた。

「美味しくてええもんです。まだクリアしなあかん問題はありますが、もしかしたら下町食堂の新しいメニューに仲間入りするかもしれませんよ？」

ジゼルはその後、ロウドに鉄板の代金を支払って急ぎ食堂へと戻った。

ランチタイム後の休憩時間なので自由にできる。

店主に厨房《ちゅうぼう》を借りる旨を伝え、ジゼルは買ってきた鉄板を魔石コンロの上に置いた。

鉄板には練習時に取り付ける壁との間に隙間を作るために五徳のような足が付いている。

その足の寸法が魔石を燃料とするコンロにピッタリであった。

それを確認した途端、思わずジゼルは胸で十字をきって叫んでいた。

「おぉ……！　神よっ‼」

前世バリバリの仏教徒であったジゼル《花子》だがそう言いたくなるくらい、この奇跡に感謝したくなったのであった。


「た、たこ焼きの鉄板をゲットしてもぉたで……生地はこの世界にも小麦粉があるからなんとかなるんとちゃう……？」

思いがけずたこ焼きを焼ける鉄板を手に入れたジゼルは興奮冷めやらぬ頭で色々と考え始めた。

たこ焼きの鉄板があるなら次は生地である。

残念ながら異世界にかつお節はないので生地はチキンストックか水で溶くことになるがそれはそれで美味しいだろう。

天かすも紅生姜《しょうが》も手作りできる。

青ネギに近い野菜もある。

が、この国ではタコは食さないしコンニャクもない。

でも前世の花子時代は給料日前でタコが買えなかった時はウィンナーや魚肉ソーセージを代用したし刻みコンニャクを入れない時もあった。

それでもまぁ美味しかったし、なんとこの世界にはタコの食感と香りに似たドン茸《ダケ》という名の茸《きのこ》が存在するのだ。

「完璧なたこ焼きは無理でも前世食べていたものに近いものは作れるはず……!」

ジゼルはコンロの前でガッツポーズをした。

が、ここで最大の問題が浮上した。

「たこ焼きソースがない……」

そう。異世界にはデミグラスソースは存在してもたこ焼きソースはないのだ。

「どうする?　ソースだけは妥協できんし、代用になるものなんて……」

ジゼルは花子時代の記憶をフルに活用したこ焼きソースの中身を思い出す。

「確か中濃ソースに麵つゆと砂糖とケチャップを混ぜて、家で手作りできたはずや……」

なんとかなるかもしれない。

ジゼルはそう思い、その日から図書館で本を借りてこの世界の各国の食材などを調べまくった。

すると麺つゆもコンニャクも異世界《こちら》でも東方の国で存在しているらしく、王都にある東方食材販売店で購入可能であることがわかった。

そして、中濃ソースも作れることがわかったのだ。

ジゼルが住む国に中濃ソースなるものは存在しないが、他国には中濃ソースに極似したソースがあるという。

図書館で見つけた本にはその作り方が詳細に書かれていた。

「香味野菜もスパイスもお酢もこの国にあるもので作れるな……これはもう、食の神がウチにたこ焼きソースを作れってゆうとるわ……」

ジゼルは本をそっと閉じ、瞼《まぶた》も閉じた。

そして次の瞬間にはカッ！　と目を見開き、「っしゃ！　作ったろやないか！　ジゼルさん特製のたこ焼きソースをっ！」と叫んだ。

そうして善は急げと、ジゼルは食堂が休みの日に家で中濃ソース作りを始めた。

セロリや人参、生姜などの香味野菜を林檎《りんご》と共に細かく刻んでスパイスと一緒に長時間コトコトと煮る。

その後お酢や塩など調味料を入れて更にコトコトと煮詰めていく。

そして火を止めて一晩じっくりとソースの素を寝かせるのだ。

それを丁寧に裏漉《ご》ししてからさらにちょうどよい粘度になるまで煮詰めて完成だ。

その出来上がった中濃ソースを東方食材販売店で購入した麺つゆとケチャップと砂糖を混ぜて……。

「で、でけたっ……たこ焼きソースが完成してもうたっ……!」

ジゼルはソースの入った壺《つぼ》を掲げ、うっとりと眺めた。

とうとうこれでソース問題も解決した。

これはもう、「焼かなあかんやろ! ジゼルさんの異世界たこ焼きをっ!!」

ジゼルは腰に手を当て宣言したのであった。


そしてとうとうこの日、食堂の休憩時間に店主や常連客を巻き込んでたこ焼きを焼くこととなった。

食堂の厨房を借りて、ジゼルはまず生地作りから始めた。

この異世界での小麦粉料理《粉もん》といえばパンやパスタの主食となるものやケーキやクッキーなどのスイーツである。

どれも少量の水や牛乳で混ぜたりこねたり。

なので大きなボウルに入れた小麦粉に大量の水(出汁)と少量の牛乳を入れたジゼルに食堂の店主は仰天した。

「えっ!? そ、そんなに水を入れるのかい? そんなのでちゃんと固まるかな?」

「卵が入りますからね、それでちゃんと固まるんですわ」

「でももうちょっと水を減らした方がフワフワに仕上がるんじゃ……」

たこ焼きを焼くために厨房を借りる前にあらかじめ、ジゼルは店主にたこ焼きなるものの特徴と作り方を説明していた。

その上で店主は心配そうにジゼルにそう言ったのだ。

ジゼルはチッチッチッと口を鳴らしながら人差し指を店主に向けて振る。

「それは素人がやりがちな失敗なんですわ。まぁ人それぞれの好みもありますから？　固めの生地でフワフワに焼くのもええですけどそれじゃ冷めたら硬いたこ焼きになるんです。多くの大阪人が好きなんは（浪速花子調べ）シャバシャバの生地で焼き上げる、外はカリカリ中はトロットロのたこ焼きなんです！」

ジゼルが若干ドヤりながらそう言うと、店主も常連客も「オーサカジンって何？」とか「ジゼルちゃんってこの国の人じゃないの？」とか言って困惑していた。

ジゼルはそれにはお構いなしに混ぜ合わせ、生地を完成させた。

中に入れる具材はあらかじめ作っておいた天かすと紅生姜（残念ながら梅酢がないので紅生姜というよりはただのガリになってしまったがそれもまたご愛嬌《あいきょう》である）とドン茸。

タコの代用品としてソーセージで作ろうかとも思ったが、やはりここは少しでもタコに寄せて作りたい……そう思ってのドン茸の起用であった。

「よしっ、じゃあ焼いていきますかっ……！」

たこ焼きの鉄板はもちろん事前にシーズニングしてある。

よーく油を馴染《なじ》ませてある鉄板を魔石コンロの上に置いて点火した。

鉄板の上に手をかざし（良い子は真似しないでね）温まり具合を見る。

鉄板が冷たいままで生地を流し込むとこびり付いて上手く丸い形に仕上がらないのだ。

鉄板から上がってくる熱気で頃合を感じ取ったジゼルの目がカッと開いた。

「っしゃ今や!」

そう言ってジゼルは生地を半球に凹んだ中に注いでいく。

凹んだ部分から大量に生地が溢れ、もはや鉄板全体に生地が行き渡った状態となった。

その中にジゼルはドン茸、天かす、紅生姜ならぬガリを次々と投入していった。

店主も常連客も固唾《かたず》を呑《の》んでそれを見守る。

一体どんなものが出来上がるのか……。

ジゼルは鉄板から目を離すことなく、たこ焼き用のピック《千枚通し》の替わりにアイスピックを持って待ち構えた。

客の一人がジゼルに尋ねる。

「まん丸な食べ物が出来上がると聞いたけど、凹んでいるのは半分だけだろ? こんなんで本当にまん丸になるのかい?」

ジゼルはその質問に対し、不敵な笑みを浮かべて答えた。

「ふふふ……まぁ見ててみ?」

そう言ってジゼルはまた鉄板に視線を戻した。

熱せられた生地がふくふくと踊る。それを見極めてジゼルは「よし」と言ってピックで鉄板全体に広がった生地を寄せ集めてそれぞれの凹んだ穴へと入れていった。

そして穴の底から円を描くようにピックを回転させ、文字通りほじくり返すが如く生地をくるりと反転させた。

ジゼルの手の動きに合わせて底になっていた部分が艶のある丸い形となって姿を現す。

それを見た店主たちから歓声が上がった。

「おぉっ！」「すごいっ」「丸いっ！　でも今はまだ半球だぞ」

皆の口から次々と出る言葉に耳を傾けながらジゼルは巧みに手を動かしていく。

クルクルころころ……その様《さま》を目の当たりにしていた男たちは、自分たちが今、類まれなる手業を見ているのだと感じ始めたその時、たこ焼きが焼き上がった。

そしてここでも男たちは驚愕の匠《たくみ》の技を見せつけられる。

ジゼルは次々にピックにたこ焼きを刺して、一度に多くのたこ焼きを鉄板からすくい上げた。

そしてそれを手早くお皿に盛ってゆく。

「おぉっ……！」

「なんだそのワザはっ⁉」

「それにちゃんとまん丸に焼き上がっているっ……だとっ……⁉」

皆一様に焼き上がったたこ焼きを見て驚愕していた。

そのたこ焼きたちにジゼルは特製のたこ焼きソースを塗り、牛乳で溶いて少し粘度を落としたマヨネーズをかけた。

「本当はかつお節と青海苔《のり》もかけたいところやけど、異世界《こっち》にそれはないからしゃーないな。さぁ、出来上がったで！　名付けてジゼルさん特製異世界たこ焼きや！　どうぞよぅおあがり！」

店主たちは初めて見る食べ物を、しかも作る工程から見ていて更に未知なる感覚を覚えたこのたこ焼きなる食べ物を凝視した。

が、先ほどから薫ってくる香ばしい生地と熱々のたこ焼きに温められたソースの香ばしい芳香に食欲をそそられまくっていた。

ならば俺からと店主がたこ焼きをデザートフォークに刺し、ポンと口に放り込んだ。そして咀嚼《そしゃく》を始めてすぐに店主が舌鼓を打つ。

「熱っ……！　そしてうまっ!!」

店主に毒味役をさせたわけではないが、その反応を見て他の者たちも次々にたこ焼きを口に放り込んだ。

「えっうまいっ！」「なんだこれっ!?　カリッからのトロトロ〜が堪《たま》らないじゃないか！」「中の具がこれまたうまいな！」

と、皆が口々にたこ焼きを絶賛した。

その光景を見てジゼルは大きく破顔する。これが大阪名物のたこ焼き、異世界バージョンやで♪」

「せやろ？　美味しいやろ？　これが大阪名物のたこ焼き、異世界バージョンやで♪」

「ジゼルちゃんが何言ってるかわからないけどコレはうまいよ！　材料費は〝メンツユ〟以外は安い食材で作れるし、丸く焼くコツさえ摑めば俺も作れそうだ！　どうだいジゼルちゃん、このタコヤキを食堂の新メニューに加えてみるかい？」

店主の願ってもない申し出にジゼルは喜んだ。

この世界の住人たちにもたこ焼きの美味しさが伝わって人気になればとても嬉しいことだ。

「ええですね！　ぜひお願いします！　でもまぁ今日はとにかくジャンジャン焼きますんでたこ焼

きをたんと召し上がってください。いつもお世話になってるお礼です。異世界たこ焼きパーティー、異世界タコパですよ〜!」

「お、ジゼルちゃん気前がいいね!」

「いよっオトコマエ!」

「それを言うならええオンナ、やろ! ほら言うてる側からどんどん焼けますよ!」

「やった! いただきます!」

そうしてジゼルはこの異世界でも根性でたこ焼きを完成させた。

このたこ焼きが人気になればいずれは自分の屋台というか店を持つのも夢ではないのでは?

そうすれば一人で生きていくのになんの不安もなく金銭面でも精神面でも完璧に自立できるのでは?

などと考え、もはやクロード・ギルマンの妻という人生から決別しつつある自分に満足していたジゼルであった。

の、はずだったのに……。

それから数日後。

「すまなかったジゼル! 極秘任務だったとはいえキミに連絡の一つも入れられず、一人置き去りにしたも同然だった! いや、いくら言い訳を並べても一緒だな、俺が至らないせいでキミには辛い思いをさせて悪かった! 本当にすまないジゼル、この通りだ!」

「ちょっ……ええと、その……」

今ジゼルの目の前には、突然食堂にやってきてキレッキレの動作で頭を下げ平身低頭謝る、夫クロードの姿があった。

第二章　下男夫婦焦る

「すまなかったジゼル！　極秘任務だっとはいえキミに連絡の一つも入れられず、一人置き去りにしたも同然だった！　いや、いくら言い訳を並べても一緒だな、俺が至らないせいでキミに辛い思いをさせて悪かった！　本当にすまないジゼル、この通りだ！」

「ちょっ……えぇと、その……」

今ジゼルの目の前には、突然食堂にやってきてキレッキレの動作で頭を下げ平身低頭謝る、夫クロードの姿があった。

クロードは頭を下げたまま話し続けた。

「下男夫婦から全て聞き出した！　父の代から仕えていた使用人だったので油断していた、まさかキミに対し無礼な態度を取り続けていたなんて……！」

クロードが長い任務の末ようやく王都にある自宅へと帰り着いたのは二日前のことであった。

結婚式の翌朝には騎士団より緊急招集がかかり、後ろ髪を引かれる思いで登城した。

まさかそこで襲撃を受けた第二王子ジェラルミン殿下の護衛として地方都市への同行を命じられるとは思ってもみなかったのだ。

その時点では襲撃の首謀者が第三王子サイドであるという確証はなく、避難先を敵に知られないために外部との連絡を一切禁止するとの通達を受ける。

クロードは恨みがましく直属の上官であるアドリアン・サブーロフに言う。

「……隊長、俺は昨日、結婚式を挙げたばかりなんですが?」

しかしサブーロフは自身が任務最優先のお堅い人物なのでクロードの泣き言にすげなく返すのみであった。

「なんとか初夜だけは済ますことができてよかったな。早く新妻の元に戻りたければ殿下をお守りしつつ、敵のシッポを摑むのだ」

「そんな殺生な……」

「すまんが緊急事態だ。王太子殿下の警護に多くの人員を取られた上に形式上は第三王子の警護にも当たらねばならんのだ。従ってジェラルミン殿下の護衛は少数精鋭、俺が最も信頼するメンバーで構成したい。ベッドに残した新妻が恋しいのはわかるがタイミングが悪かったと諦めてくれ」

「くっ……せめて妻に状況を知らせる文を書かせてくださいっ……」

「こちらの動向が敵に漏れないとは限らん。ひいてはお前の妻の身に危険が及ぶのだぞ、気持ちはわかるが諦めてくれ」

「くっ……!」

王国の剣《つるぎ》として誓いを立てた以上、クロードたち一介の騎士に拒否権などあるはずがない。

従ってクロードは後頭部の髪が抜けて禿《は》げるのではないかと思うほど後ろ髪を引かれながら、第二王子の護衛騎士として避難潜伏先の地方都市へと随行していったのであった。

こうなれば王子を守りつつも襲撃の際には必ず敵のシッポを摑み言い逃れができないようにしてやる。

そして一日も早くジゼルの元へと帰る！

王国を守る剣としてというよりはただの新婚早々の男として、クロードは後継者争いのスピード解決に心血を注いだ。

こうしてひと月後にはわざと逃がしたふりをして泳がせた襲撃犯から、辿《たど》りに辿って第三王子関与の証拠を手に入れたのであった。

そしてその功績が認められ最下位の騎士爵を叙爵されることとなった。

『これでジゼルの元へと帰れる……！』

そう思ったクロードに、現実は優しくなかった。無情にも次は王家の威信に関わるとされる重要な任務がクロードに課せられ、その後半年間もその極秘任務に振り回されることとなったのだが、それは事情がある故にまたおいおい明らかにしてゆこう。

かくしてクロードはようやくその極秘任務からとりあえず解放され、急いで新居として構えた自宅へと戻ったのである。

しかしそこで待っていたのは可愛い新妻ではなく、先触れなく帰ったクロードの姿に驚き慌てふためく下男夫婦であった。

七カ月も放置することになってしまった妻が怒って出迎えてくれないということはあらかじめ覚悟はしていたが、しかしそれよりも何よりも下男夫婦の狼狽え方が半端ではない。

これは留守中に何か起きたと判断した方がいいだろう。

そして事情を説明するように下男に詰め寄ると、思っていた以上に衝撃的な事実を告げられた。

「……ジゼルが出ていった……？　どういうことだ？」

クロードの地を這《は》うような声に怯えつつも下男は言い訳を並びたてる。

「わ、私どもは何も存じ上げませんっ！　奥さまが癇癪《かんしゃく》を起こし勝手に出ていったのでございます！」

「ジゼルが癇癪を起こした……？　あの大人しくウサギのように臆病で繊細なジゼルが癇癪など起こすわけがないだろう」

「ほ、本当でございます！　頭を打った後、突然人が変わったようになられ私に暴力をふるい出ていかれたのでございますよ！」

「……頭を打った？　……ジゼルが頭を打つような事態が起きたというのかっ？」

「あっ……」

その原因に心当たりのある下男は、自らの迂闊《うかつ》な発言に顔色を悪くした。

その様を見逃すクロードではない。

クロードはゆらりと立ち上がり、小柄な下男の前に立つ。

「言え……。なぜジゼルは家の中で頭をぶつけるようなことになった？　お前はその時一体何をしていた？」

自分より遥かに上背があり、しかも騎士であるクロードから漂う高圧的な空気に下男は震えながら答えた。

「お、奥さまは突然別人のような話し方になり、捨てられる前に出ていくとかこっちから捨てるとかそんなことをブツブツ言いながら荷物をまとめて出ていってしまわれましたっ……」

「捨てられる？　捨てる？　どういうことだ？　それは俺が帰ってこないからそんなことを言って

いたのか？　別件の任務に移行してからは定期的に手紙を出していたがジゼルはそれを読んでいたのだろう？」

「手紙？　そんなもの、私は知りませんっ……」

「あっ！　それはっ……あ、」

下男は全く要領を得ずそう答えるも妻の方は思わずといった様子で声を上げ、次にそれをしまったと言わんばかりに手で口を覆った。

「どうした」

それを見てクロードから発せられる圧がさらに強くなる。

下男の妻は口を押さえたまましどろもどろになった。

「えっ、あの、その……」

「………何か知っているのか？　……言え」

「ヒイッ」

クロードが下男の妻に躙り寄ると、妻は情けない声を上げて後ろに倒れ込み尻もちをついた。

そして下男の妻が白状した内容はとんでもないことであった。

クロードは第二王子ジェラルミンの護衛からとある極秘任務に移ってからは定期的にジゼルに贈り物を添えた手紙を出していたのだ。

それら全てをその贈り物欲しさに下男の妻はジゼルには知らせず騙《だま》し取っていたと言うではないか。

これはきっと他にも何かあるに違いないとクロードが剣に手をかけながら下男夫婦に洗いざらい吐くように命じた。

全てを聞き出したクロードは下男夫婦を窃盗と雇い主への身体的精神的傷害罪にて自警団へと引き渡した。

ジゼルに足をかけて転ばした下男には軽く一発頬に制裁を加えておいた。

暫くは固形物を噛むことができないだろう。

二人を自警団送りにした後、クロードはもたらされた事態に頭を抱えた。

「そ、それじゃあジゼルの中では俺は結婚したばかりの妻を放置し続けた薄情な夫じゃないかっ……彼女が出ていっても仕方ないっ……仕方ないが、仕方ないですませられないっ！」

とにかくジゼルを捜そう。

捜し出し、そして誠心誠意、心を込めて謝ろう。

初夜の夜、妻にアレを施しておいてよかった……！

クロードは心底そう思った。

そうしてクロードは初夜にジゼルの体内に送り込んだ自らの魔力の残滓《ざんし》を辿って彼女を捜し出し、開口一番平謝りしたのであった。


前世の記憶を思い出し、いずれ原作のヒロインに心を移す夫と婚姻生活を続けるのが馬鹿らしくなったジゼル。

だからさっさと婚家を出たというのになぜか今、目の前に謝罪のために頭を下げた夫クロードの後頭部がある。

「?.?.?」

一体何が起こっているのだろう。

なぜ七カ月ぶりに顔を見たと思った瞬間に後頭部を眺め続ける状況になっているのか……。

とりあえずこのままでは話にならんとジゼルがクロードに頭を上げるように言おうとしたその時、食堂の店主や常連客たちが野次を飛ばしてきた。

「ジゼルちゃんには男っ気がないと思ってたけどこんな色男を隠してたのかい?」

「一体どんな弱みを握って従わせてんだよー?」

その野次にジゼルは叩《はた》き落とすように返した。

「アホか！　弱みなんか握ってへんわ！」

「騎士さまに頭を下げさせるなんて、さすがはジゼルちゃんだなっ」

「いよっ！　下町の女豹！」

「やかましい！　ヒョウ柄着とったんは前世《昔》の話や！」

「……」

そのやり取りをまじまじと見ていたクロードの視線に気づき、ジゼルは半目になる。

「なに?　なんですか?」

「いや、話し方だけでなく、本当に人が変わったみたいだなと思って」

「人が変わったんですよ」

「え?」

とにかくここではとジゼルは話を打ち切り、仕事中なので帰るように促すもクロードは「昼食を食べ損ねたので食事をしながら待ってるよ」と言った。

『お貴族さまになったんやからもっと高級店《ええとこ》行きや……』

と内心思ったが、食堂にとっては客になるのだから無下に追い返すのはやめておいた。

『お客さまは神さまや』

だがしかし食堂の仕事中ずっとクロードの視線に追いかけられ、ジゼルは少々戸惑っていた。

『ほんま今さらなんなん？』

初夜以来七カ月も放置した嫁になんの用があるというのか。

『あ、離婚届か。離婚届を持ってきたんやな』

そうでなければジゼルの仕事が終わるまで数時間も待ち続ける理由がわからない。

なるほどなるほど、それなら合点がいく。

円満離婚へと運ぶためにまずは謝罪して印象を良くしてから協議に持っていく……そのつもりに違いない。

『ははーん、慰謝料を払いたないんやな？』

それか穏便に事を進めて慰謝料の減額を狙《ねろ》うとるな？

そうは問屋が卸さない。

これから寄る辺ない女がひとり、世間の荒波に揉《も》まれながら生きてゆくのだ。強《したた》かにならねば。

『もらえるもんはきっちりガッツリもらいまっせ！』

ジゼルは頭の中で算盤《そろばん》をパチパチ弾きながら接客した。

「ジゼルちゃん、お会計～」

「はーい、クロケッタ定食八〇〇万エ――ン!」

(正しくは八〇〇エーン)

「えっ?」

前世《昔》の癖で頭の中で算盤を弾いて金勘定をしていたら、つい浪速花子時代の感覚で昭和のボケをかましてしまったジゼルであった。

第三章 夫婦の話し合い

「……それじゃあ…下男夫婦は今頃牢《ろう》の中……」

「そうだ。俺がキミに出していた手紙は、一緒に贈った品物を横取りするために隠蔽していたそうだ。キミへの数々の暴言や足をかけて転倒させた行いも罪状に加えておいた。もう二度と王都の地を踏むことはないだろう」

「そぉですか……そう、手紙をくれてはったんですね……」

放置、というわけではなかったようだ。

いや実質手紙を出していたとしても物理的放置に変わりはないが。

離婚の話し合い（あるいは慰謝料の話し合いともいう）をじっくりバッチリするつもりで、ジゼルは自宅アパートへとクロードを連れ帰った。

そこでクロードが極秘任務（内容は明かされなかったが）によりなかなか戻ってこられなかったことと、ジゼルをいじめた下男夫婦の処断について聞かされたのであった。

「縁あって夫婦になったというのに婚姻後ジゼルには苦労しかかけてこなかったこと、そして夫としてキミを守れなかったことを心から詫《わ》びる。本当にすまなかった」

小さなテーブルに向かい合うようにして座ったクロードが頭を下げた。

再び彼の後頭部を眺めながらジゼルは言う。

「もうええですよ。次の奥さまの時にでも気ぃつけてあげてくだされば」

その言葉を聞き、クロードはゆっくりと頭を上げてジゼルを見た。

「……次?」

「はい、次です」

「次も何も、俺の妻はキミだが」

「そんな、無理に責任取ろうとか考えんでええんですよ?　ウチとはスッパリ別れて、新しい人生をやり直してください。現にウチはもうそうさせてもろてます」

あとはもらえるもんさえもらえれば……と心の中で算盤弾いて金勘定をしながらそう言おうとしたジゼルが言葉を紡ぐ前に、クロードが要領を得ないといった顔を向けてきた。

「なぜスッパリ別れなくてはならないんだ?」

「だって、ウチは頭打ったショックで性格が三六〇度……ちゃうそれやったら元通りや、一八〇度変わってしもたんですよ?　そんないきなり別人のようになった人間とは気持ち悪うて婚姻生活なんて続けられんでしょ?」

ジゼルは当然ながら前世の話も、ここがラノベの世界だということもクロードには話さないつもりだ。

信じてもらえるとは思っていないし、それにより変人扱いされるのは真っ平ごめんだと思ったから。どうせすぐに別れる夫にそんなことまで馬鹿正直に話す必要はないだろう。

ジゼルの言葉を受け、クロードは言った。

「確かに別人のようだ。話し方も考え方も、俺の知っているジゼルと違う」

「……ん?　その言い方やとまるで以前からウチのこと知っていたように聞こえますけど?」

「知っていたからな」

「え？」

思いがけない言葉にジゼルは目を丸くする。

クロードは初めて会話した日のことなど覚えていないと思っていたのだが、どうやらそうではないらしい。

「キミは時々、叔父さんの仕事の手伝いで騎士団に納品に来ていただろう？　その度に姿を見かけていたんだ。なんだかウサギみたいだなぁと」

「ウサギ」

「騎士団の中にはキミが叔父家族に虐げられていたことを知っている者がいた。二人で納品に来た時のやり取りでおおよその状況は予想できるものだからな。俺もその一人だった」

「それって、もしかしてウチに同情して結婚してくれたってことです？　嫁にしてあの家から救ったろ、みたいな？」

「最初、隊長に仲立ちを頼んだ時はその気持ちがなかったとは言わない。だけどそれだけでなく、物静かで優しいキミと穏やかな家庭を築きたいなと思ったんだ」

その話はジゼルにとって予想外のものであった。

上の者が騎士団と取引のある商家や下位貴族の娘を未婚の騎士にあてがう話はよく耳にしていたので、てっきり自分の結婚もその流れだと思っていたのだ。

まさかクロード自身がこの結婚を望んだなんて想像すらしなかった。

なら、なおさら……

「それなら余計にもうこの婚姻を続けるのは難しいでしょ？　ウサギや思ぉて結婚したのに、仕事から帰ってきたら嫁が虎になっとったなんて生理的に無理でしょ」

「それはもうホントに驚いた！　頭を打ったくらいでこんなにも変わるものかと信じられないくらいだ。キミが言った通りもはや別人だな。たった数時間ほどだったが、食堂で働くジゼルの様子を見ていてそれをよく理解したよ」

「それやったら……」

「でも、別人のように変わってしまったキミの中にもちゃんと以前のジゼルがいるのもわかり、俺は改めてウサギと虎のジゼルに惚《ほ》れ直した」

「はぁ？　ほ、惚れっ……？」

そりゃ取り戻した前世の記憶の人格の方が強烈ですぐにそちらの性格に引っ張られたが、自分はジゼルとしても一九年生きてきたのだ。

それを今のジゼルからも感じ取ってくれたというのは正直嬉しい気もする。

しかしクロードの惚れたという言葉を聞き、ジゼルは現実に引き戻された。

『そうやった、あと数カ月もすればこの人は原作ヒロインのアイリスと出会うんやん』

そうなればクロードはすぐにアイリスに心を移し、ジゼルは「他に愛する人ができた」と告げられて離婚を迫られるのだ。

それがわかっていて、彼と夫婦としてやり直そうとは思わない。

ジゼルは努めて冷静にクロードに告げた。

「ウチはあなたとやり直そうとは思いません」

「まるで未来視を持つ人間のようなことを言うな？　それも頭を打ったことによる予言みたいなもの？」

「遅かれ早かれ、あなたはいずれ後悔します。ウチが妻であることを」

「どうして？」

「なんとでも受け取ってもろて結構です。とにかくウチはもう婚姻維持の意思はありませんから」

「そんなことを言われても、俺は婚姻を維持したいと思っているのだから離婚に同意はできないな」

「もー！　ごちゃごちゃゆうてんとさっさと離婚して、さっさと慰謝料払ろうて身軽になっときや！」

「身軽になる必要性を感じない」

「今は偉そうにそうゆうてるけど、いずれ身綺麗になってたら良かったと後悔することになるんよ！」

「なぜそう断言できる？　まるで俺が他の女性にうつつをぬかすような言い方だ」

「……断言してません。そんな気がすると言っただけですぅ」

「じゃあ婚姻継続だな」

「もー悪いこと言いませんて。ここで別れとく方がお互いのためですよ」

「そんな曖昧な理由で納得はできない」

「じゃあ納得いく理由があれば……」「離婚はしない」なんでよっ」

その後も互いに引かず、離婚するしないの応酬が続いた。

「とにかく、ウチはもう絶対にあの家には戻りませんから！」

婚家には戻らない。もう自分の家はここなのだ。

「戻らなくてもいいよ。俺がここに移り住む」

「はぁっ⁉︎」

「考えてみればあの家は無駄に広いよな。新婚なんだからこぢんまりした家で暮らす方が絆《きずな》が深まるというものだ♪」

「なにるんるんでゆぅとるねん！　ウチは絶対にイヤやで！」

「鍵をかけて締め出ししようとしても無駄だぞ？　俺は転移魔法が使えるからな？」

「ちょっ……はぁぁっ⁉︎」

なんで？　こいつ原作と性格違いすぎるんとちゃう？

と、ジゼルは自分を棚に上げて思った。

その後も結局話し合いは平行線を辿り、とりあえず今日は大人しく帰ると言ったクロードはジゼルが飛び出したあの家へと帰っていった。

そして次の日から、簡単な手荷物を抱えて本当にアパートへ押しかけてきたのであった。

『ちょっ……なんでっ⁉︎　なんでこーなるん⁉︎』

ジゼルは訳がわからず、頭を抱えた。


それはジゼルがクロードと結婚式を挙げる前。

ジゼルがまだ前世の記憶を取り戻しておらず、叔父夫婦の家で虐げられおどおどと暮らしていた時のことだ。

ジゼルは叔父の仕事の手伝いで納品のためによく騎士団を訪れてはいたが、クロード・ギルマンという騎士を知らなかった。

だがクロードの方は先にジゼルを認識していたのである。

初めてジゼルを見た時、彼女は叔父に居丈高に罵られながら騎士団敷地内を歩いていた。

偉そうに腹を突き出し酷い言葉を投げつける男の後ろをただ黙って俯《うつむ》いて歩く娘。

感情を押し殺し無表情でただ嵐が過ぎ去るのを待っているかのような、そんな顔だった。

なぜだかそれがとても印象に残り、事務方の人間に団に出入りしている商人のことを聞いて初めて、クロードはジゼルのことを知ったのであった。

亡くなった父親の弟である叔父に引き取られ、そこで使用人同様にこき使われて生きてきた娘。

そんな境遇の人間なんてゴマンといる。べつにあの娘だけが特別ではない。

クロードはそう思い、これ以上は気に留めないようにした。

だが、よほど縁があるのかジゼルが騎士団に来る度に、クロードは彼女の姿を目にする。

広い敷地内、納品の時間もクロードのシフトも示し合わせるわけではないのになぜかよく出会《でくわ》すのだ。

ある時、一人で納品に来させられているのかジゼルが大きな荷物を抱えて騎士団内を歩いているのを見かけた。

なぜあんな華奢《きゃしゃ》な娘に一人であんな大きくて重そうな荷を運ばせるのか。

クロードは時々見かけるあの商人、ジゼルの叔父の底意地の悪さに苛立ちを覚えた。

そして気が付けば足を踏み出していたのだ。

ほとんど無意識だった。体が勝手にジゼルの方へ向けて動き出していた。

年若い娘の細腕で持つような荷物ではない。

箱が大きくて前方は首を傾げないと見えないし、足元は完全に見えていない状況だった。

それが突然、荷物により塞がれていたジゼルの視界が開かれ、手にしていた重い荷物が消えた。

驚いた表情で手から消えた荷物を目で追ったジゼルとクロードの視線が初めて重なった。

その瞬間、クロードは心臓がどくんと大きく跳ね上がる。

白磁のように白く滑らかな肌に青く澄んだ大きな瞳。

いつも俯いている姿しか見なかったが、顔を上げればなかなかの美人ではないか。

不思議そうに、でも少し怯えたような顔をするジゼルにクロードは言った。

「この荷物、どこへ運べばいい?」

「え……?　だ、大丈夫です、自分で運びますのでっ……」

騎士団員の手を煩わすわけにいかないと思ったのだろう。

慌てて荷を引き取ろうとするジゼルになおもクロードは言った。

「女性が持つには無理がある荷物だよ。なに、ここには力を持て余している騎士がゴロゴロしているんだ。困った時はいつでも近くにいる騎士に頼ればいい」

「そ、そんなご迷惑をおかけするわけにはいきませんっ」

頑なに断ろうとするジゼルにクロードは言った。

「なに、遠慮することはない。荷物を持つのは腕の筋肉を鍛える鍛錬になるし、女性に優しくすることで騎士道精神も培えていいこと尽くしだ。キミは騎士の修業に付き合ってやってると思えばいいんだよ」

「え、ええっ？」

軽口を言うクロードを、ジゼルは驚いたように見上げた。

そして……

「ぷっ……ふふ、ふふふ。そんな考え方もあるんですね。ふふ、ありがとうございます」

とそう言って微笑んだ。

「っ……！」

いつも堅い表情をしているジゼルが笑うと、まるで蕾《つぼみ》が綻び花弁が開く花のようであった。

怯えて小さく震えるウサギのようだと思っていたが、彼女は可憐《かれん》な花であったのだ。

その笑みを見た瞬間、クロードは息を呑んだ。

今度は心臓が大きく脈打つのではなく、一瞬止まったかと思った。

そして次には早鐘を打ち、クロードは平常心ではいられなくなった。

その後、納品場所まで荷を運ぶ手伝いをしてジゼルと別れたが、クロードの頭の中は彼女のことでいっぱいになった。

寝ても醒めてもジゼルのことが気になる。

暮らしている叔父の家で酷い目に遭わされていないか。いや、もう遭わされているのだ。

立場の弱い彼女はウサギのように小さく震えるしかできない。

きっとあの時見たように、嵐が過ぎ去るのをひたすら待つ、そんな感じなのだろう。

彼女を救いたい。彼女を守りたい。一体どうすれば……。

だが無関係な人間が彼女と叔父一家との関係に口出しをするわけにはいかない。

では無関係でなくなれば？　たとえばジゼルの夫になれば、彼女に関する全てのことに口出しできてその責任を負える。

「彼女を妻に……」

クロードの心はすぐに決まった。

そして人遣いは荒いが頼れる上官であるアドリアン・サブーロフに相談をして各方面の伝手を探り、ジゼルへの婚姻の申し込みをしたのであった。

あの叔父を通して、あの叔父の許可がいるのが胸くそ悪いがこればかりは仕方ない。

クロードはジゼルのためと我慢して、紳士的に接し、対応して手続きを進めていった。

そうして望んで、ようやく迎えることができた妻であるというのに。

幸せな初夜を迎え、一生彼女を大切に守っていくのだと胸に誓ったというのに。

政変により王都を離れて王族の護衛を務めることを余儀なくされた。

そして戻ってきてみれば、ジゼルは頭を打ったことにより性格が変わってしまっていた上に家を出ていってしまっていたのだ。

性格も言葉遣いも変わったジゼル。でもそんなジゼルも可愛《かわい》くて面白くて。クロードは改めてジゼルに惚れ直した。

そしてクロードは今度こそ誓う。

妻を、ジゼルを守り、大切にして必ず幸せにすると。

第四章 ようやく始まった新婚生活……? 朝の光景

『クロード、まさか私があなたの母親になるなんてね……』

――母さん、母さんだ。……そういえばあの手紙、本当に渡すべきなんだろうか……。


「……母さん……」

「母さん？　……寝言？」

「……はっ……」

朝、久しぶりに亡き母の夢を見たクロード。

つい口に出ていたようで、起きているのかと反応したジゼルの声にクロードは覚醒した。

そしてムクリと身を起こす。

すでに起き出して朝食の支度をしているジゼルがクロードに言った。

「……おはよう。そんなソファーで寝たら体バキバキになるやろ？　家に帰ってちゃんと寝たら？」

夫婦は一緒に暮らすものだと押しかけてきたクロードだがジゼルが「寝室だけは別にして！」と頑として譲らなかったので、彼は仕方なくソファーを運び込んでリビングで寝ている。

ジゼルはリビングが狭くなる、とも思ったが物が良いソファーだったので離婚後はそのまま置いといてもらおうとちゃっかり考えた。

「おはようジゼル。職業柄どこでも寝られるから問題ないよ。このソファーは大きめだしな」

そんなことを言っているがどう見てもクロードの身長は一八〇センチ以上。長さが一七〇センチのソファーでは小さいに決まっている。

そんな場所で寝て、ちゃんと疲れは取れてるのだろうか……。

ジゼルがそう思っているのがわかるのか、クロードはにやりと笑みを浮かべた。

「そう心配してくれるなら寝室に入れてくれてもいいんじゃないか？　見たところベッドはセミダブルのようだし」

「なっ……！　アレはっ、曲がりなりにも結婚して数カ月間ダブルベッドで寝とったから、今更シングルで寝られへんようになってもうたの！」

じつは生来寝相の悪いジゼル。

シングルベッドで寝ていた時代は何度かベッドから落ちたこともある。

それがクロードと結婚してダブルという広いベッドを知ってしまった。

手足を伸ばしても広々、寝返りを打ちまくっても広々。そうなればもうシングルベッドには戻れない。

アパートへ移る際、寝室の狭さで仕方なくセミダブルにはしたけれど。

だからといって恐らくあと数カ月で離婚するであろう夫と共寝なんてとんでもない。

そうだ、どうせクロードのソファー生活も期限付きなのだ。

それならべつに気にする必要はないとジゼルは思い直した。

クロードがアパートに転がり込んできて今日でちょうど一週間になる。

原作と違って押しの強く口も立つクロードに今のところいいようにされているのが無性に腹が立

つ。

が、クロードは存外に使える男で料理以外の家事はなんでもそつなくこなし、洗濯でも掃除でも率先してやってくれるのだ。

それに夫婦なんだからと生活費も多分に入れてくれて、ジゼルは食堂の稼ぎを丸々貯金に回せていたりする。

『……まぁ出ていけゆうても出ていかんのはクロ《あっ》ード《ち》やし、どーせこの暮らしも期限付きやしな!その間ガッツリ貯めさせてもろとこ』

プライドより金、これからの人生である。

というわけでジゼルはこの便利な同居人……コホン、一応まだ旦那さまであるクロードと改めて新婚生活を送り始めたのであった。

「はい、朝ごはんでけたよ」

洗い終わった洗濯物を干しているクロードに声をかける。

今朝のメニューはお好み焼き風オムレツにした。

刻んだキャベツとベーコンを卵液に入れてふんわりと焼き上げる。

この世界にお好み焼きソースはないのでケチャップをかけていただく。

あぁ……お好み焼きソースとかつお節が恋しい。

クロードは騎士。

体が資本の仕事なのでとにかく沢山食べる。

ジゼルはオムレツ以外にもハムサラダやチーズをたっぷりのせたトロトロチーズトースト、フルーツを刻んで入れたヨーグルトなども用意した。

生活費を入れてくれている以上、質素な食事ではジゼルの沽券《こけん》に関わる。

それに……

「お、今朝もうまそうだ」

そう言ってクロードが嬉しそうにテーブルに着く。

ジゼルはクロードの向かいの椅子に座りながら彼に言った。

「どうぞ召し上がれ」

「いただきます」

それにジゼルは、誰かと向かい合って食事をとるということが少し嬉しかったりするのだ。

叔父の家では使用人のように一人台所の隅で食事をしていた。

壁に向かって一人で食事をする虚しさを、ジゼルは知っている。

だからたとえ少しの間だとしてもこうして誰かと一緒に「美味しいね」と言い合いながら食事を食べられるなんて夢のようだ、とジゼルは思ってしまうのだ。

「うまい！　このオムレツ絶品だよジゼル」

「……うん、我ながらほんま美味しくでけてる」

味もなんだかいつもより美味しく感じるのが悔しい。

『おセンチになるなんてウチらしゅうもない』

ジゼルはおセンチな感情を振り切るように淡々と朝食を食べた。

「へ～、キミがクロード・ギルマンの妻かぁ。ラッキーだったよね。一介の平民騎士と結婚したはずが今や騎士爵さまだ！　……なのにどうしてキミは下町の食堂で働いてるの？」

「……ご注文は？」

「うわっ実在したのかクロード・ギルマンの妻！　奴は長いこと地方にいたし、てっきりデマかと思っていたぞ！」

「声がデカい。他のお客さまの迷惑になりますから食事せぇへんのやったらとっとと帰らんかゴラでございます」

「クロードの奴が結婚したというのは本当だったんだな……道理でこの頃呑みに誘ってもさっさと帰るわけだ」

「……王宮騎士って暇なんですか？　毎日毎日取っかえ引っかえやってきてはクロード・ギルマンの妻やと物珍しそうに見物して……」

※

クロードと期間限定の結婚生活を始めてからここ数日、食堂で働くジゼルの元にクロード・ギルマンの妻が食堂で働いていると聞きつけた騎士団関係者たちが続々と訪れていた。

クロードは一番位の低い騎士爵を得ただけあってかなり注目を集めているらしく、既知の者から全く面識のない者までジゼルを見てはあーだこーだと言いながら食事をして帰ってゆくのであった。

（食堂の売上には貢献しているが）

中には明らかにクロードに懸想している女性もいて、「どうせ真面目で硬派なギルマン卿《きょう》を色仕掛けで落としたんでしょ！　卑怯《ひきょう》よ！」だとか、「私は彼の同期でずっと彼を見てきた。ぽっと出の女なんかに彼の素晴らしさがわかるわけない」とか絡んでくる女性騎士もいた。

が、口から生まれたと称された浪速花子の記憶を持つジゼルの敵ではない。

「クロードはウチの前では飄々《ひょうひょう》とした食えん男やけどねぇ？　あの人が真面目で硬派って、それは表面的な付き合いしかしてもうてへんからとちゃいます？」

「クロードの素晴らしさ？　ごめんやけど興味ないわ。どーしても聞いてほしいんやったら聞いたげるけど、その代わり営業妨害になるから食堂のメニュー全部注文してな？」

などと適当に言って蹴散らす。

そんなこと、浪速花子にとっては朝メシ前も同然であった。

『もっと早うに前世の記憶を取り戻しとったら叔父の家でも違う暮らしをしとったんかな……』

そしてそんなことを考えるジゼルの元に、またまた騎士団から珍客が訪れた。

どうやらその人物が食堂を訪れた理由は、他の物見遊山な者たちとは違うようだ。

食堂に入るなりその巌《いわお》のような筋骨隆々な男はジゼルに頭を下げ、そして謝罪の言葉を告げてきた。

クロードよりも上背があり体格も更にゴツい男の後頭部を眺めさせられて、ジゼルは嫌というほどの既視感を覚えながらその人物に言う。

「もう謝罪はようわかりましたから頭を上げてくださいサブーロフ卿……！」

ジゼルにそう言われ、ゆっくりと頭を上げたその人物、彼の名はアドリアン・サブーロフ子爵。

夫クロードの直属の上官で、結婚式直後の第二王子の護衛、そしてその後極秘任務と計七カ月間帰ってこなかった任務の命を下した人である。

まぁ極秘任務の方は第二王子ジェラルミンの直命だそうだが。

そのサブーロフ卿がわざわざ部下の妻であるジゼルに直接詫びを入れに来たのである。

「次の玉座を懸けた、いわば国の存亡に関わる状況となり、ギルマンには無理を言って働いてもらった。そのおかげで事態は早々に収束、火種を元から鎮火することもできたのだがそれにより貴女には婚家を飛び出すほど辛い思いをさせてしまったと聞いた……本当に申し訳なかったっ!」

婚家を飛び出したのは前世の記憶が蘇ったからですぅ~とは言えないジゼル。

とりあえずこれ以上食堂で騒ぎ立ててほしくないのでジゼルはサブーロフに告げた。

「確かに結婚式を挙げて早々に夫に放置されたような状況のせいで色々ありましたがもう過ぎたことです。ほんまに気にせんといてください」

「いや、使用人にいじめられたせいで言葉も性格も変わったと聞いた! あんなにおどおど怯えてばかりいたウサギであったというのに……」

「また出たよウサギ」

「は?」

「いえ、なんでも。それよりもうホントにええですから」

「いや、女性の〝もういい〟は本当はちっとも良くないのだと身に染みてわかった……! 私は自業自得だが、この上ギルマンまで新婚早々妻に見捨てられるなど寝覚めが悪くて堪らんのだ! 頼む! どうかこの通りだ、奴を許してやってくれ! どうかずっとクロード・ギルマンの妻でいてやってくれ！」

そう言ってサブーロフ卿はまた頭を下げた。

その際に軽く風圧を感じるほどに勢いよく。

「ちょっ……もう……」

食堂の中でこんな騒ぎとなれば当然皆の注目の的になる。

店主や常連客から例の如く野次が飛んできた。

「なんだいジゼルちゃん！　今度は騎士団のお偉いさんに頭下げさせてんのかいっ？　さすがは下町の女豹！」

「いよっ！　王国最恐の女‼」

「……も～ほんま勘弁して」

ジゼルは白目になってそうつぶやいた。


夜、仕事から帰ったクロードにサブーロフ卿に謝罪された旨を伝える。

するとクロードは肩を竦めた。

「やっぱりジゼルのところにも来たか……」

「やっぱり？」

アドリアン・サブーロフ卿。

彼は騎士団随一の生真面目仕事人間で、長年家庭よりも仕事を優先してきたためにとうとう奥方に家から追い出されたそうな。

家に帰れる条件はただ一つ。

今回の任務で無理させた部下たちの家族への謝罪行脚をすることらしい。

「サブーロフ卿、奥さまに許してもらえるのかしら……?」

巌のような巨軀をくの字に折り曲げて謝罪していた彼の様子から必死さがヒシヒシと伝わってきた。

愛妻家と恐妻家の名をほしいままにしているというサブーロフ卿の往く道に幸あれと思うジゼルであった。


夜、寝る前にテーブルで家計簿をつけているジゼルの前にことりとマグカップが置かれた。

マグカップからはほわほわと温かそうな湯気が上がっている。

ジゼルはマグカップを置いた相手、クロードの方へ顔を向け尋ねた。

「これは何？　なんかええ香りがする」

クロードは自分もマグカップを持って、寝床にしているソファーに腰掛けながら答えた。

「ホットミルクにラムを入れたものだよ。体が温まってよく眠れる」

それを聞き、ジゼルはマグカップを手に取りラム入りのホットミルクを口に含んだ。

ほんのりと香るラム酒がミルクの風味と相まってなんともまろやかな味わいだ。

「美味しい……ありがとう」

「どういたしまして」

「……」

『誰かに温かい飲み物を作ってもろたなんて初めてや……』

うんと幼い頃、両親が生きていた頃ならあったのかもしれない。

だけど叔父の家に引き取られてからは絶対になかった。

むしろ寝る前にホットワインを作れだの、ハーブティーを淹《い》れろだの、こちらが作らされていた。

ジゼルは温かな湯気のたつホットミルクの入ったカップを両手で大切に包み込んでゆっくりと味わった。

体の内側からじんわりと温まるこの感じは、単にホットミルクを飲んだからだと思いたい。

その感情を誤魔化すかのようにジゼルはクロードに尋ねた。

「クロードも同じもの飲んでるん？」

彼はマグカップを軽く掲げ、含み笑いをする。

「俺のはラム酒入りホットミルクというよりはミルク入りラムかな」

「さいですか」

酒に強いクロードならそうだろうなと、ジゼルはまたホットミルクを口に含んだ。

優しいラムの香りが鼻腔をくすぐる。

美味しくて嬉しくて、最高の飲み物だとジゼルは思った。

家計簿に目を落としながら幸せそうにホットミルクを飲むその様子を、クロードが優しい眼差しで見ていたことにジゼルは気づかない。

やがてホットミルクも飲み終わり、いつものようにソファーで横になるクロードにジゼルは言った。

「……毎日ソファーで寝てしんどないん? 向こうの家で寝たらええのに……」

「俺の体調を心配してくれてる?」

「そりゃあ、まぁ。こんなん続けとったら……」

「言っただろ? 俺はどこでも寝られると。それにジゼルと一緒でないならあの家に帰るつもりはない」

「そんな意固地にならんでも……体が資本の仕事やろ?」

「そんなに心配してくれるなら、寝室に入れてくれてもいいんだぞ?」

「なっ……それとこれとは話が別! っおやすみ!」

頬が熱を帯びるのを感じ取ったジゼルはくるりと背を向け寝室へと向かった。

「はは、おやすみジゼル」

というクロードの声を背中で受けながら。

「おはようございます」

「おやすみなさい」

叔父の家に住んでいた頃はジゼルからその挨拶をするのは当たり前で、だけどそれと同じ言葉がジゼルにかけられることはなかった。

ジゼルが「おはよう」「おやすみ」と言えばクロードは当たり前にその言葉を返してくれる。

そんなこと、知りたくなかった。

『ホントもうやめてほしい』

早く、早くアイリスと出会えばいいのに。

そして早く彼女に夢中になって、ここには帰ってこなくなればいいのに。

その気持ちが本心なのかどうか、自分の心なのによくわからないジゼルは頭から布団を被ってぎゅっと目を閉じた。


明くる朝、ジゼルは食堂の店主のお使いで王宮近くの荒物屋に来ていた。

この店は調理器具の販売だけでなく修理も請け負っている。

修理に出していた鍋を受け取り、代金を払った。

そしてその鍋を抱えて食堂へと戻るべく城門の外壁に沿って歩いてゆく。

『鍋の取っ手が取れてとっても大変！　その取っ手を取って〜なんちゃって』

我ながら今日も冴《さ》えてると思いながら歩くジゼルの目の前に、ちょうど王宮の使用人勝手口から人が出てきた。

なんの気なしにその人物に目をやった瞬間、ジゼルが思わず息を呑む。

自分でも驚くほど体が硬直するのを感じた。

王宮から出てきた人物もジゼルに気づき、ニヤリと笑う。

「ようジゼル、久しぶりだな」

「……ゲランさん……」

ジゼルにとってはもう会いたくない人間の一人、叔父の家で一〇年以上いじめられ続けた従兄のゲランがジゼルの行く手を遮るように立っていた。

⚜

王宮側にある荒物屋でのお使いを済ませたジゼルは帰り道に幼い頃からずっといじめられ続けた従兄のゲランと鉢合わせしてしまった。

クロードと結婚してからは一度も会わずに済んでいたというのに。

身軽で王宮から出てきたということは騎士団に納品した帰りなのだろう。

ジゼルは自分の体がぎゅっと縮こまるのを感じた。

顔を合わせれば必ず嫌がらせを受けていた相手だ。

無意識に防御反応を示すのだろう。

ジゼルよりふたつ年上のゲランは叔父にとっては一人息子で、それはそれは甘やかされて育った傲慢で浅慮で性悪な人間であった。

――おいチビ！　ブス！　お前なんか野垂れ死にしちまえ！

――誰に断って勝手にこの家の空気を吸ってるんだ？　おい、今すぐ息を止めろ。厄介者が我がもの顔でこの家の空気を吸ってんじゃねえよ。

――お前なんかと結婚したいと思う奴なんかこの世にいるわけがねぇ。お前は一生俺の奴隷だ。

幼い頃からそんな口汚い言葉を浴びせられ、打たれたり蹴られたり、まだ性的な虐待がなかっただけマシである。

ゲランが気に食わないからという理由だけで食事を抜かれたこともしばしばあった。

（当時叔父の家で雇われていたキッチンメイドのおばあさんがこっそり残り物を食べさせてくれたが）

とにかく心身ともに酷い扱いを受けてきた人物なのだ。

中肉中背、いやどちらかというと運動不足でだらしない体型をしているゲラン。

従兄なだけあり髪色も瞳の色もジゼルと一緒だが、その血の繋《つな》がりを全否定したくなるほど大嫌いなヤツなのであった。

固まったまま何も言わないジゼルを見て、ゲランは下卑た笑みを浮かべて話しかけてきた。

「よぅジゼル久しぶりじゃねぇか。結婚した途端に不義理になりやがってよう。今まで育ててもらった恩も忘れるとは薄情なヤツだな」

「……」

『あんたに育ててもろた覚えはない』

〝浪速花子〟ならそう言い返しただろう。

だけど幼い頃から執拗《しつよう》な嫌がらせやいじめを受けてきた〝ジゼル〟がそれをさせてくれない。

ゲランの顔を見た瞬間に条件反射のように萎縮してしまい、上手く声が出せなくなった。

「っ……」

「なんだよまただんまりか？　お前はいつもそうだな。根暗で陰険でなんの面白味もないつまらない女だ。騎士爵を得た旦那の妻になったつもりかもしれねぇがお前みたいな女、早々に飽きて捨てられんのがオチだよ」

「……っ」

腹が立つことにその予想が当たっているのが何よりも悔しい。

ゲランの言った通り、ジゼルはいずれ夫に捨てられる妻なのだから。

悔しい。けっちょんけっちょんに言い返してやりたい。

だけど言葉が、まるで鉛を飲み込んだように喉が重くて声が出ない。

『これがトラウマ状態というやつか。浪速花子時代はトラが大好きやったけど、トラはトラでも今世はトラウマ持ちなんてシャレにもならんで……!』

トラウマのせいで声が出ないのならせめて短足ゲランの向こう脛《ずね》でも蹴り飛ばしてやりたいと思うのに、声と同様体が縮こまって動かないのだ。

「っ……」

〝ジゼル〟がこんな調子だが、〝ジゼル〟の中の〝浪速花子〟が悔しくて堪らないと暴れていた。

せめて一矢報いたいと精いっぱいジゼルはゲランを睨《にら》みつけた。

当然、ゲランはジゼルのその目つきが気に入らないと声を荒らげる。

「なんだよその目つきはっ!! ずっと我が家のお荷物だったくせに、ちょっと騎士の妻になったからといって生意気なんだよっ!」

『そのお荷物をええようにこき使《つこ》うとったんは誰やねん!』

と、ジゼルの中の浪速花子が叫ぶもやはり声は出なかった。

『悔しいっ!! ジゼル! しっかりしぃ! あんたはもうただのドアマット妻とちゃうねんで!』

おかしな話だが、前世の自分が今世の自分を鼓舞している。

それなのにどうしても目の前の男にやり返す力が出てこない。

しかしゲランが次に発した言葉を聞き、ジゼルの中の何かがぷつんとキレた。

「はっ！　どうせ旦那にも使用人のようにこき使われてんだろっ、お前の価値なんてせいぜいそのくらいのものだろうからなっ！」

「……！」

その瞬間、食事の前にはちゃんと「いただきます」と言ってくれるクロードが、「うまいよ」「ごちそうさま、いつもありがとう」と言ってくれるクロードが、ホットミルクを入れてくれ、眠る時は「おやすみ」を言ってくれるクロードが、そして次の朝にはちゃんと顔を見て「おはよう」と言ってくれるクロードが、一気にジゼルの脳裏に浮かんだ。

そんなクロードを自分たち家族と同じだと言ったゲランに、どうしようもない怒りを感じた。

そして体の内側から闘志が漲《みなぎ》り、そのおかげで体の硬直が解けた。

ジゼルはダンッ！　と足を一歩踏み出して、昔のジゼルからは想像もつかないようなドスの利いた声でゲランに向かって言う。

「じゃかましいわこのゲス野郎がっ!!　ウチの旦那をアンタらみたいな腐れ外道と一緒にしさらすなっ！　このドあほぅがっ!!　そのキモいドタマかち割って腐った脳ミソお天道さんにコンニチワさせたろかゴラァッ!!」

幼い頃から執拗にいじめられていた相手、従兄のゲランに対し小さく怯え息を潜めて耐えるしかできなかった今世のジゼルだったが、前世の記憶と一緒に生活するうちに芽生えたクロードへの温かな気持ちがジゼルに力を与えた。

そして植え付けられたトラウマを克服して、大阪弁キレッキレの啖呵《たんか》を切れたのであった。

突然人が変わったように反撃してきたジゼルをゲランは面食らった様子で見ている。

ジゼルはなおも目の前にいる最低最悪の男に向かって言い放った。

「なに鳩《はと》が豆鉄砲食らったみたいな顔しとんねんこのボケナスがっ。相変わらず弱いものいじめしかでけへんのやろ? 昔っから強いもんには尻突き出してヘコヘコして、自分より弱いもんにはデカい腹突き出してふんぞり返って威張り散らしとったもんなぁ? ぷっ! ダサっ! カッコわる!」

「な、な、なんだよお前っ……? 急に別人みたいになりやがって……! そ、それにその話し方はなんなんだよっ? ど、どうしていきなり変わったんだよっ?」

人格だけでなく話し方まで激変したジゼルにゲランはわかりやすく狼狽えた。

「ウチがどー変わろうとアンタには関係あらへんやろ。この際やからハッキリ言わせてもらうわ、ウチは心っ底アンタら家族のことが大嫌いやっ! コレを機に一切の縁を切らせてもらうから、二度とその小汚い顔を見せんといて!」

「っな? ……なっ? ……なんだとっ?」

「ほんまやったら今まで散々いじめられた礼に釘《くぎ》バットでボコボコにどつき回してやりたいところやけど、そんなんでウチがブタ箱に入れられるなんてアホらしすぎるからな、それはやめといたるわ」

「は? 釘バット? ブタ箱?」

「とにかくっ!」

ジゼルは鍋を小脇に抱え、ビシィッと指を突き出してゲランに告げた。

「アンタらとはもう絶縁や！　他人や！　金・輪・際、関わるつもりはないからな！　ウチの周り、半径一〇メートル以内にその水虫だらけのクッサイ足で踏み込んだら、ストーカー被害と猥褻《わいせつ》物陳列罪で自警団に通報するからよぉ覚えときっ！」

「なっ……？　っな……？　なにっ？」

ジゼルは爽快だった。声さえ出てしまえば、するすると今まで言ってやりたかった言葉が出てくる。

ゲランは本来気の小さい男だ。それを隠すために、または鬱憤晴らしのために立場の弱いジゼルをいじめていただけに過ぎない。

どうして今までこんな矮小《わいしょう》で短小な（いやほんまは知らんけど。想像するのもおぞましいけど）男が怖かったのだろう。

「ふん、ゴミくそがっ」

ジゼルは清々としながら、口を開けたまま呆然として立つゲランに最後にそう吐き捨てて、横を通り過ぎようとした。

が、ジゼルの反撃に遭い、訳がわからず戸惑うばかりであったゲランがハッと我に返り、ジゼルの肩を摑んで引き止める。

「てめぇっ……言わせておけばっ！　待てジゼルっ！」

「っ……臭い！　汚い手で触らんといてっ！」

「なっ!?　生意気なんだよジゼルのくせにっ！　絶縁だぁ？　そんなこと親父が許すわけねぇだろがっ！」

「許すも許さんもウチはもう成人した上に結婚もしてる身ぃや！　叔父さんの許しなんかもらわん

でもこちらから縁切りできるんやっ！」

ゲランが強い力で肩を引き、高圧的に言ってもジゼルは少しも怯むことなくそう返した。

そんなジゼルに苛立ちが頂点になったゲランが乱暴にジゼルの細い手首を摑む。

「あっ！」

その拍子に修理が終わったばかりの鍋がガシャンと派手な音を立てて転がり落ちた。

そんな横暴なゲランの態度に怒りを覚えたジゼルが、摑まれた手首を奪い返そうとしながら言い放つ。

「このアホんだらボケナスっ！　せっかく修理を終えたばかりの鍋がまた壊れたらどないすんねんっ！」

なおも気丈に言い返すジゼルに、ゲランは完全にぶちギレた。

「っこのっ！　もう許さねぇっ!!　お前なんか大人しくビクビク怯えて泣きべそかいてりゃいいんだよっ!!」

そう言ってゲランは右手を振り上げる。

そして拳を固く握りしめ、それをジゼル目掛けて振り下ろした。

「っ！」

殴られる。幼い頃から何度もこの身に受けてきた暴力だ。ゲランに対してトラウマ《心的外傷》を刻まれたジゼルにとって、本当は身が竦《すく》むほど怖くて仕方ない。

だけど、たとえ殴られても絶対に負けたくはなかった。せめて気持ちだけでも、こんな男にだけは絶対に負けたくないと思ったのだ。

ジゼルは何度も受け、何度も経験したその衝撃と痛みを覚悟した。

「っ…………………………？」

だが、その衝撃や痛みにジゼルが襲われることはなかった。

咄嗟《とっさ》に目をぎゅっと閉じたジゼルの頭上からゲランの戸惑う声が聞こえてくる。

「ちょっ……な、な、なんですか貴方はっ！」

『……え？』

ジゼルは恐る恐る目を開けた。

そして自分のすぐ側に立つその人物を見て目を丸くする。

「……クロード……！」

「貴様……俺の妻に今、何をしようとしていた？」

ジゼルに殴り掛かろうとしていたゲランの手首を掴み、彼を睨みつけながら凄みのある声でクロードがそう言った。

＊

「貴様……俺の妻に今、何をしようとしていた？」

「クロード……」

ジゼルが従兄のゲランに殴られそうになったその時、クロードがそれを阻止した。

ジゼルを打とうとしていたその腕を掴み、妻であるジゼルでさえ竦みあがるような鋭い目つきでゲランを睨みつけている。

突然現れた騎士団の団服に身を包んだ自分よりも遥かに上背のある逞《たくま》しい男に、ゲランはわかりやすく狼狽えた。

「な、なんなんですかいきなりっ！　騎士さまには関わりないことでしょうっ！」

屈強な騎士に凄まれてパニックに陥っているのかもしれないが、ゲランが発した言葉にジゼルは耳を疑った。

『は？　コイツなにゆーてん』

もちろん同じことをクロードも思ったらしく、顔をしかめてゲランに言う。

「……結婚式で顔合わせはしているはずだが、まさか覚えていないのか？」

「な、何がですかっ！　はぁっ？　結婚式っ？　誰のっ？」

つくづく残念で度し難い馬鹿に、ジゼルはため息つきながら言った。

「ウチの結婚式に決まってるやろ」

「お前の結婚式ぃっ？　お前の結婚式で顔合わせした騎士なんて、サブーロフ卿とあと数名とお前の旦那しか……あ、」

ようやく目の前の男が誰なのかわかったらしく、ゲランの顔色が瞬時に悪くなる。

ゲランにしてみれば昔からいじめ暴力を振るってきたジゼルをいつものように殴ろうとしただけなのだろう。

しかし今やジゼルは騎士爵を有するクロード・ギルマンの妻だ。

たとえ……まぁありえないことだが一〇〇パーセントジゼルに非があったとしても、平民であるゲランが手を上げていい相手ではない。

それが家族や親戚であったとしてもだ。

もちろん平民同士であったとして暴力は許されないが。

そして今まさにゲランはジゼルに殴りかかろうとし、それを夫であるクロードがすんでのところで止めた状態だ。

いわば現行犯逮捕。決して言い逃れはできない。

クロードはゲランの腕を摑んでいる自身の手に力を込めた。

「いっ……痛っ！　痛い痛い痛い痛いっ！」

腕に走る痛みに叫ぶゲランを見据えたまま、クロードが低く怒気を込めた声で静かに言う。

「その手を離せ」

「ヒィッ！　い、痛いぃっ！」

ゲランの腕が折れるのではと思うほどの力が込められているのが傍《はた》から見てもわかる。

ゲランは涙目になりながら摑んでいたジゼルの手首を離した。

ジゼルは解放された手を思わず胸元に引き寄せる。

その手首が赤く鬱血していたのをクロードは見逃さなかった。

「貴様……」

怒りの度合いが更に増し、摑んだ手に強い力が込められのがわかった。

「ギャアッ！　痛いっ！　お、折れるっ‼」

先ほどまでジゼルに対しあんなに居丈高であったゲランが今や脂汗を流し、泣きべそをかきながらクロードから自身の腕を取り戻そうと必死に足掻《あが》いている。

ぶんぶんと空いている方の腕を振り回して足でクロードを蹴り上げようしているが、元々のリーチが違うし当たりそうになってもクロードに難なく躱《かわ》され、ただ暴れているだけにすぎなかった。

まぁたとえ当たったとしても戦闘職種の騎士であるクロードはビクともしないだろうが。

その様子をジゼルは複雑な思いで見つめていた。

クロードが現れた瞬間、ものすごくほっとした自分がいた。

来てくれた、助かったと安堵した自分がいた。

無条件にクロードが守ってくれると思ったのだ。

そしてジゼルが殴られそうになったことに怒りを露わにしているクロードを見て、嬉しいと感じた自分がいた。

この言いようのない感情にジゼルの心が揺れる。

『あほ、クロードのあほ……こんなんされて、なんとも思わんわけがないやろ……』

もはやゲランの存在など何万光年も遥か彼方に追いやったジゼルは、複雑な胸の内を抱えながらクロードを見つめていた。

結局クロードは、摑まれた腕が痛いと泣きわめく情けないゲランの鳩尾《みずおち》に、内臓が破裂するのでは？　と思うほどのパンチを入れて一瞬で気絶させて黙らせた。単に殴りたかっただけかもしれないが。

そして重そうなゲランを荷物担ぎして、ジゼルに向き直った。

「コイツの処分は俺に任せてくれ。今までジゼルがやられたであろう分まできっちり償わせてやる。

もう結婚したというのに、コイツがジゼルを自分の所有物であると思っていることもよくわかった。もちろんコイツの親も同等だ。死んだ方がマシだと思うような地獄を見せてやる。……ジゼル、コイツらに対して情はあるか？」

クロードにそう聞かれ、ジゼルは勢いよく首を振った。

「まさか。恨みしかあらへんわ」

その言葉を聞き、クロードは小さく笑った。

「そうだろうと思った。結婚前にキミの叔父の家で起きたことは今となってはどうにもできないが、ジゼル・ギルマンに起こったこととなれば話は別だ。どうせ叩《たた》けばホコリの出る奴らだ、徹底的に制裁を与えてやる」

「……クロード……」

クロードは空いている方の手でジゼルの手首に触れた。ゲランに掴まれていた方の手だ。

クロードが触れた肌にほんのりとした温もりを感じる。

見れば鬱血した皮膚が元通りになっていた。

「治療してくれたん……？」

「このくらいなら治癒魔法を使えるんだ。……こんなことせずに済むように掴まれる前に助けてあげられなくて、ごめん」

聞けばクロードは上官のサブーロフの供で王都の西の外れへと巡察に出ていたそうだ。

しかしそこでジゼルに刻んでいた己の魔力に異変を感じ、すぐに転移魔法で飛んできたらしい。

「クロードに伝わるほどの恐怖を、ウチは感じていてんな……」

恐るべしトラウマ。しかしジゼルはそこであることに気づく。

「ん？　ウチに刻んだ魔力って？　何それ、そんなんいつの間に？」

ジゼルがそう尋ねると、クロードは悪戯《いたずら》っぽい表情を浮かべ、悪びれもせずに答えた。

「ジゼルの体内には、結婚式の夜に仕込んだ俺の魔力が残滓として残っている。その残滓は生涯消えることはなく、その魔力を通してジゼルの居場所も負の感情も全て俺に伝わるようになってるんだ。この術は通称マーキングと呼ばれている」

「なっ？　な、なんやてっ？」

そんなの初耳である。道理で家を出たジゼルの居場所がすぐに見つけられたわけだ。

結婚式の夜といえば初夜。

あの夜にそんなことをされていたなんて……！

その時の記憶も生々しく蘇り、ジゼルは顔を真っ赤にして抗議した。

「もぅ！　勝手にそんなことしてっ！」

「ははは。魔力を持つ者が自分の妻に施すのは当然のことだよ。キミは俺の妻で、俺のものだ」

「クロード・ギルマンは、そ、そ、そんな恥ずかしいこと言うキャラとちゃうやろ⁉」

「誰と比べて言ってるんだ？　俺は昔からこういう性格だぞ？」

「そ、それは……」

まさか原作のあなたとです。とは言えないジゼルが口ごもると、クロードはふっと笑みを浮かべて言った。

「まぁいいさ。とにかくゲラン《こいつ》のことは引き受けた。今夜は遅くなるかもしれないから先に休んでてくれ」

クロードはそう言い、ジゼルの頬を指の背でそっと触れた。

「あ……クロード……」

助けてもらった礼を告げてないことに気づくも、クロードは転移した後であった。

夫に触れられた頬に手を当て、ジゼルはしばらくその場に立ち尽くしていた。

第五章 背中に感じる温もり

――ジゼル！　ホントにグズな子だね！　身寄りのないアンタを引き取ってやったんだからね！　せっせとこの洗濯物の山を片付けておしまい！

――はい……義叔母さん……

――この穀潰しの役立たずのチビがっ！　お前なんかホントはどこで野垂れ死にしようがウチは関係なかったんだ！　それを血縁ってだけで押し付けられて……いい迷惑だ！

――ごめんなさい、ごめんなさいっ……

――染みったれた陰気臭いクソガキだなおい！　なんだよ！　そんな目で見んなよっ！

――やだっ……ぶたないでっ……


「……嫌なもん思い出してもうたわ」

ジゼルは夜の闇に包まれた窓の外を見ながらつぶやいた。

今日、ゲランのことがあって過去に叔父の家で受けた仕打ちが蘇ってきたのだ。

クロードがジゼルの従兄のゲランを暴行未遂で捕らえた。

その処分も含め叔父一家への対応を全て任せることになったのだが、その日クロードが帰宅したのは日付も変わった時間帯であった。

ジゼルは当然眠れるはずもなく、彼の帰りを待っていた。

「おかえりなさい、何もかも任せてしまってごめん」

「まだ起きていたのか」

出迎えたジゼルに、クロードが剣帯から剣を外しながらそう言った。

「だってウチのことで迷惑かけてんのに、自分だけのうのうと休んでられへんよ」

「自分の妻を害されて、その処理をすることを迷惑とは言わないんだぞ」

「……でも……」

「まぁ立場が違えば、俺だって気になって眠れないか。起きているなら状況を説明しても？」

クロードのその言葉にジゼルは頷く。

「うん、お願い。あ、待って、すぐにお茶淹れるわ」

「酒にしてほしい、瓶とグラスだけ用意してくれたらいい」

「わかった」

ジゼルはぱたぱたとキッチンへ行って用意をする。

クロードはその間に団服から夜着に着替えていた。

音を立ててジゼルを起こしてはいけないと、騎士団の詰め所で入浴を済ませてきたそうだ。

テーブルに酒瓶と氷を入れたグラスを置き、自分用には温かいお茶を淹れて椅子に座る。

まずは喉を潤すと言ってクロードはグラスを傾けた。

嚥下《えんげ》により上下する男性的な喉仏をぼんやりと見ながらジゼルはクロードが話し始めるのを待った。

「まずは……そうだな、ゲランとかいったキミの従兄は懲役刑となるだろう。正式な裁判はこれからだが、爵位を持つ騎士の妻への暴行未遂だ。加えて余罪もあると見て、自白魔法の使用許可を取った。そしたらもう出るわ出るわ」

グラスを手にしたまま、クロードがそう語った。

なんでもゲランはジゼルが婚姻により家を出た後、新たに雇い入れた壮年のメイド二人に対しても暴力を振るっていたらしい。

奴ならやりかねないと聞いていたら、それ以外にも取引先の家の金品を盗んだり、騎士団への納品の請求額を水増しして着服したりと様々な悪事を働いていたという。

それら全てと、過去にわたりジゼルに暴力を振るっていたことも自白魔法によりペラペラと喋《しゃべ》ったそうだ。

そして立証魔法によりその供述の信憑性《しんぴょうせい》が裏付けされ、そのまま騎士団の拘置所へとぶち込まれたとのことであった。

今回、叔父夫婦に直接的な罪はないが、跡取り息子が投獄された上に、上得意であった騎士団への不正請求が明らかになったことで今後の契約はその場で破棄となった。

このことにより叔父の商会は一気に信用を失い、二度とこの国では商売がやりにくくなるはずだ。

そしてそれにまつわる賠償金などで資金繰りが難しくなり、不渡りを起こして倒産するまではきっとあっという間なのだろう。

路頭に迷うであろう叔父夫婦を想像しても、ジゼルの心にはなんの感情も湧かなかった。

あんなにジゼルを苦しめた叔父一家も呆気《あっけ》ないものである。

そんなことを思うジゼルにクロードが言った。

労《いたわ》るように、テーブルに置いたジゼルの手に自身の手を重ねながら。

「あいつらに対して、他に何か個人的に仕返しをしてほしいことはないか？　お前が望むなら、俺はなんだってしてやるぞ」

大きくて温かな手に包まれ、ジゼルは力が抜けたように笑みを浮かべた。

「ううん。もう充分や。将来有望な騎士さまが、そんな仄暗《ほのぐら》いコト言うたらあかんよ」

「大丈夫だ。バレないように巧くやるよ」

「ふふふ、あかんて」

本当にもう充分。

あの一家に対して、こんな遠い他人事として考えられる日がくるなんて。

虐げられ、萎縮して家の片隅に追いやられていたあの頃の自分に教えてあげたい。

永遠ではないけれど、たとえ一瞬でも側にいて守ってくれた人がいるということを。

ジゼルは本当にもう充分だと思った。

それだけでもこの結婚に意味はあった。

クロードの強さと優しさに触れ、過去のトラウマと決別できた。

それだけでもう……。ジゼルは心からそう思った。

「ありがとうクロード。ほんまに……ありがとう」

泣いてばかりいた幼かった自分を心の中に浮かべて、ジゼルはクロードに礼を言った。

クロードは泣きたくなるくらい優しげな眼差しをジゼルに向けて、小さく頷いてくれた。

ジゼルの感謝の気持ちを、ちゃんと受け取ってくれたのだ。

そうして話が終わり、かなり遅い時間になってしまったのでもう休むことになったが、いつものようにソファーで眠ろうとするクロードにジゼルが言った。

「待ってクロード、遅くまで働いて疲れて帰ってきた人をソファーなんかで寝かされへん。今日はウチがソファーで眠るからクロードはベッドで寝て」

「大切な妻をソファーで寝させられるか」

「ウチかて恩人をソファーになんか寝かされへんよ」

ジゼルが食い下がるとクロードは一瞬の間を置いて告げた。

「……じゃあ一緒に寝るのはどうだ？」

思いがけない申し出にジゼルは驚く。

「え……」

「もちろんただ隣で眠るだけだ。キミの許可がないのにキミに触れたりしない」

「え、え、でも……ウチ、寝相悪いし……」

恥ずかしさも相まってしどろもどろになりながら言うジゼルに、クロードはにやりと笑った。

「知ってる。初めての夜に顔に裏拳食らわされたからな」

「えっ？　ほんまっ？」

自分ならやりかねない。

鼻血が出たりしなかっただろうかと慌てふためくジゼルを見て、クロードは思わず吹き出した。

「ぶはっ、ははは」

「えっ、なんで笑うんっ？　あ、もしかして裏拳は嘘《うそ》やったんっ？」

揶揄《からか》われた？　と目を見張るジゼルにクロードは言う。

「裏拳は本当だよ。まぁ可愛いウサギのパンチなんて痛くも痒《かゆ》くもなかったが」

「なっ……」

原作では無口で無骨で不器用なキャラとして描かれていたクロードの甘々発言にジゼルはただ翻弄されるばかりである。

『クロード・ギルマンが妻にリップサービスっ？　そんな設定知らんでっ……！』

原作とはあきらかにかけ離れているクロードに、ジゼルの心臓が早鐘を打つ。

そんなジゼルに一歩近づき、クロードは言った。

だらんと下ろしているジゼルの手を握りながら。

「……ジゼル、どうだ？　キミの隣で眠ってもいいか？」

「………うん」

恥ずかしくて俯いたままそう答えたジゼルだが、なぜかクロードが微笑みを浮かべているのがわかった。

そして二人は初夜以来初めて同じベッドで眠る。

やはり恥ずかしくていたたまれないジゼルがクロードに背を向けて横になると、背中ごしにクロードが「おやすみ」と言った。

「……おやすみなさい」

ジゼルはぎゅっと目を閉じてそう返した。

誰かの温もりを感じながら眠るなんていつぶりだろう。

初夜ではいっぱいいっぱいになっていてそんなことを考える余裕なんてなかった。

くっついているわけでもないのに背中が温かい。

『こ、今晩眠れるやろか……無理ちゃうか……?』

ジゼルは背中の温もり感じながら、羊を数えることにした。

『羊が一匹、羊が二匹……ん?　普通羊は一頭二頭って数えるんとちゃうの?　でも昔からこう言ってるんやらかこれでええんか……羊が三匹、羊が四匹……』

ジゼルは一体羊を何匹まで数えることになるのだろうか。

❦

『この第二王子ジェラルミンの部下のクロードっていう騎士も、結婚する前にヒロインと出会えたら良かったのになー。考えてみれば、他に好きな人ができたって言うて離縁される妻も気の毒やんなぁ?』

『花やんは前からモブ妻が不憫《ふびん》やゆーとったもんな。でも騎士団関係で、上官に勧められての結婚やったんやろ?　元々愛情のある結婚とちゃうかったみたいやん』

『え?　そんな描写あった?』

『サラっとな。クロードがアイリスへの想いを自覚した時に、不器用なクロードが妻との離婚を考えたくだりで書かれとったで』

『そうやったっけ?』

前世で同じ原作を嗜《たしな》む職場の同僚と交わしたそんな会話を、ジゼルは夢の中で思い出していた。

――上官に勧められての結婚？　サブーロフ卿に……？

でもクロードは自分から申し出たって言ってたけど……なんか原作とちゃうような……

⁂

随分と浅い眠りで夢を見ていたのだろう。

ジゼルの意識がだんだんと浮上してゆく。

夢か現《うつつ》かわからない狭間から体が浮かび上がる感覚がする。

『もう朝か……昨日は眠れるかと心配したけど、結局眠れてんな……羊を一三匹まで数えたんは覚えてるんやけど……』

まだ虚ろな意識の中、微睡《まどろ》みながらそんなことを考える。

『温かいな……温かいしとても落ち着く。でもなんか硬い……なんで？　布団の中になんぞ硬いもんなんかあったかな……？　いやあったな？　そうやん、昨日は確かクロードと一緒に寝たよな？　え？　ん？　……も、もしかして……？』

思考に引き上げられるようにどんどん覚醒してゆく意識の中、ジゼルはまさかと思って目を開ける。

そしてすぐ目の前に飛び込んできた光景に息を呑んだ。

「……？？？！？」

クロードの硬く厚い胸板が目の前にある。しかもとんでもない至近距離に。

こんな距離、密着していないとありえない。

そして硬くて温かいと感じたこの感覚………

ジゼルはガバリと頭だけを起こして自分が置かれている状況を見た。

「!!」

そして思わず息を呑む。

あろうことかジゼルは隣に眠るクロードに抱き枕にして抱えて……いやしがみついて寝ていたのだ。

寝相が悪いことは自覚していたがまさかこんな、自分からガッチリしがみついて寝ていたとは!!

せめて頼むからクロードは眠っていてくれ……と、ジゼルは半ば縋《すが》るような気持ちで恐る恐るクロードの顔に視線を向けると……

「……おっふ」

「おはよう、ジゼル」

「おは、おは、おはようさん……」

すでに目を覚まし、ご機嫌な表情でジゼルに向かっておはようと言うクロードに、ジゼルはただ目をグリングリン泳がせて挨拶を返すことしかできなかった。

✻

「仕方ないだろ？　気持ちよさそうに眠ってるジゼルを起こすことなんてできなかったんだから」

顔を洗ったクロードがタオルで水気を拭いながらジゼルに言った。

朝食の支度をしながら未だ頬を真っ赤にしているジゼルが抗議する。

「こんな恥ずかしい思いをするくらいなら叩き起こしてくれた方が一〇〇倍もマシやわ！」

「俺たちは夫婦だ。何も恥ずかしがる必要はないさ。それに夫として可愛い妻の安眠を妨げることはできない」

「なにキリッとええ顔でドヤっとるねん！」

目玉焼きをお皿に盛り付けながらジゼルが言った。

自分でしがみついておきながらクロードに怒るなんて恥ずかしさを紛らわす八つ当たりだとわかっていても、彼にどんな顔を向けていいかわからないジゼルはついツンツンした態度をとってしまう。

そんなジゼルに対しクロードはじつに楽しそうだ。

今もジゼルの反応を見てころころと笑っている。

表情筋が仕事しないと描写されていたキャラと同じ人物とは思えない。

『ほんまにこの人、クロード・ギルマンかっ？』

そんなことを思うジゼルにクロードが言った。

「ほらもう機嫌直して。可愛い顔が台無しだぞ」

そう言ってクロードは笑いながらジゼルの両頬を包んだ。

少しだけ頬を押されてジゼルが唇を尖《とが》らせて言う。

「……ウチの許可がないと勝手に触れへんのとちゃうかったっけ？」

「うーん、でも君の方からあれだけくっついてきて、今さらだと思わないか？」

「だからあれはっ……！」

「ジゼル」

クロードの深いブルーの瞳がジゼルを一心に捉えていた。

硬くゴツゴツとした騎士特有の無骨な手が、泣きたくなるくらい優しくジゼルに触れる。

「本当に俺に触れられるのはイヤか?」

温かい。

クロードの手はとても温かかった。

その温もりが彼が原作のキャラではなく、今自分の目の前にいる歴とした一人の人間であることを表しているようだった。

『花子、あんたやったらどうする?』

原作の読者であった花子ならこの状況をどう思うのだろう。

原作のキャラ(名もないモブだけど)であるジゼルはこう思ってしまうのだ、
結婚に至った状況も、クロード・ギルマン本人の性格も、それに何よりジゼルは前世の記憶を持つ転生者だ。

何もかもが原作とは違う。

それなら……それなら、もしかしたら夫婦として違う未来もあるのではないかと。

それでももし、たとえ原作と同じ結末になったとしても決して後悔はしない。

クロードと、この優しい旦那さまとちゃんと夫婦になりたい。

ジゼルは今、心からそう思えた。

『……どうする? 花子』

〝女は度胸、こうと決めたからには開き直りや!
それでダメやったら「やっぱりあかんかったか!」と笑い飛ばせばええんや!〟
ジゼルの中の記憶《花子》がそう言った気がした。
『よし、もう開き直ったる!』
ジゼルは自分から手を伸ばし、同じようにクロードの両頬に手を添えた。
一瞬驚いたクロードが小さく目を見開く。
彼の手が解けたのと同時にジゼルはクロードの顔を自身に引き寄せ、
そして唇を重ねた。
朝の柔らかな日差しが差し込むアパートのキッチンで、
ジゼルは想いも重ねてクロードに口づけをした。

その後すぐに、ジゼルの無言の了承を得たクロードの怒濤《どとう》のキスの嵐に翻弄されて、ジゼルはフラフラになるのであった。

第六章 そろそろ出会ってる?

ジゼルが開き直ったことにより、クロードとの夫婦関係はすこぶる良好だった。

元々苦労人のジゼルは何か事が起きたらその都度対応してゆく順応さが身についていたし、前世の浪速花子も思い切りがよく、何事も「なるようになる」精神の持ち主であったためだ。

かくしてジゼルは正真正銘クロード・ギルマンの妻として楽しく暮らしている。

正真正銘の妻というのはもちろん夜の夫婦生活も含めてだ。

子供ができてしまった後で、それでも原作通りに別れることになってしまったらそれはそれで仕方ない。

その時はその時、ジゼルが一人で立派に育てればいいのだ。

『もちろん養育費はガッポリいただきまっせ。……まぁ確か原作ではギルマン夫妻に子供はいないと描写されとったから、その可能性は低いと思うけど。

それに、もしかしたら子供がいたらまた原作とストーリーが変わってくるかも?』

などと子供を授かることでのストーリー改編に一縷《いちる》の望みを見出している自分もいた。

クロードと別れなくてもいい、そんな未来を。

『ウチって健気……ほろり』

とまぁそんな胸の内を密かに抱えながらもジゼルはクロードとの日々を大切にしながら過ごしていた。

そんなジゼルがクロードと休日が重なったある日のことだった。

二人で分担して朝の家事を終えて、クロードがジゼルに言った。

「ジゼル、大通りに新しくカフェができたのは知ってる?」

「あ、お隣の奥さんが言ってたわ。そこのカフェのタルトフリュイが絶品やって」

「今日はせっかくの休みだし、二人で行ってみないか?」

「ええのっ? 嬉しい!」

「激務の末にようやく手に入れた甘い結婚生活に負けないくらい甘いタルトを食べよう」

「……言ってて恥ずかしないん?」

「ホントはもっと甘い言葉を妻に囁《ささや》きたい男なんだぞ、俺は」

「嘘やろ? クロード・ギルマンともあろう者が?」

「ジゼルの中でクロード・ギルマンはどうしてそんな大層な感じになってるんだ?」

そんな軽口を言い合いながら、近場ではあるが結婚後初めて二人で外出をした。

ジゼルは先日夫から贈られた、流行のミモレ丈のサーモンピンクのツーピースを着ている。

ツーピーススタイルも流行の最先端だ。

使用人のお仕着せのお古を着て育ったジゼルには、今の自分は信じられないくらい贅沢だ。

それもこれも全て、夫であるクロードのおかげ。妻を甘やかすのが夫の務めだと信じている甘々のクロードのおかげなのだ。

ジゼルは嬉しくて自分から自然とクロードの手を握っていた。

少しびっくりした表情を浮かべたクロードを見て、『あら、この世界の女性としては自分から手を繋ぐなんてはしたなかったかしらん?』と若干心配になったがすぐにクロードが嬉しそうに破顔したのでこれで正解だったと安堵した。

そしてジゼルから繋いだその手はカフェに着くまで離されることはなかった。

カフェでは王都を流れる川が見える窓際の席に向かい合って座る。

ジゼルはオレンジとラズベリーのタルトフリュイを。そしてクロードはコーヒーとコニャック入りのチョコレートを注文した。

「美味しいっ……!」

甘酸っぱくて瑞々しいタルトを堪能していると、向かいに座ったクロードが頬杖《ほおづえ》をついてジゼルを見ていた。

「なに?　なんで見てるん?」

「それ、そんなに美味しいのか?」

クロードが目線でタルトを指し示す。ジゼルは頷きながら答えた。

「うんめっちゃ美味しい!　クロードも食べてみ?　追加で注文したら?」

こんなに美味しいタフトフリュイを食べずに帰るのは勿体《もったい》ない。

そう思ったジゼルがクロードに告げると、彼は笑みを浮かべて頬杖をついたままジゼルに言う。

「まるまるタルト一個分は要らないなぁ。ジゼルのをひと口くれたらそれで充分」

「え?　うんいいよ。はいどうぞ」

ジゼルがそう言ってタルトがのったお皿をクロードの方へ渡そうとした。

だけどクロードはなおも頬杖をついたままで小さく首を振る。

「ジゼルが食べさせて」

「は？」

「ほら、ひと口分をフォークで取って、俺に食べさせて」

思いがけない要求にジゼルは頬を染めて反論する。

「な、なんでウチがっ？　じ、自分で食べぇやっ」

「ジゼル。新婚夫婦が〝はいあ〜ん〟と言って食べさせ合うのは常識なんだぞ」

「そんな常識知らんわ！　適当こくな！」

「適当じゃないさ。みんなやっている」

「みんなって誰よっ」

「サブーロフ卿夫妻とか？」

「あそこん家《ち》、奥さん怖いんちゃうん？」

「騎士仲間たちの家でもそうだ」

「え……ほ、ほんまに？」

「ああほんまだ」

「っ〜〜……！」

全国民がどうかは知らないが、とりあえずクロードの周りの騎士仲間たちの間では常識らしい。

常識であるならば仕方がない。なのでジゼルは恥ずかしくて堪らないながらも、切り分けたタルトがのったフォークをクロードの方へと差し出した。

クロードはそれを嬉しそうにパクリと食べる。

「うん、本当だ。すごく甘くて美味しい」

対するジゼルは耳まで真っ赤だ。

「それはようございましたなぁ……」

「ジゼルの頬が、このタルトのラズベリーのように赤く熟れて美味しそうだ。さぞ甘いんだろうなぁ」

「ウチはもう口から砂糖を吐きそうやわ」

そう言って口直しのように紅茶を飲むジゼルを見て、クロードは楽しそうに笑った。

「ははははは」

カフェを出た後は二人で川沿いを散歩しながら立ち並ぶマルシェを覗く。

そこで美味しいワインや野菜、パンやチーズなどを買って、来た時同様手を繋ぎながら帰った。

そんな感じで、ジゼルは遅ればせながらの新婚生活の甘い休日を楽しく過ごしたのであった。

平日のクロードは夜番のある日以外はまっすぐ家に帰ってくる。

酒を呑みにいったりせず、寄り道もせずに帰ってくるクロードに、騎士仲間との付き合いは大丈夫なのかと訊いてみると、「仲間連中もみな新婚なんだ」とニヤリと口の端を上げていた。

なるほど。みんな真っ直ぐお利口さんに新妻の元へと帰っているのか。

どうやらクロードと仲の良い騎士たちはみな愛妻家らしい。

なのでクロードはシフトによってはジゼルが食堂の仕事が終わるのに合わせて迎えにきてくれる。

その度に食堂の店主や常連客に「よ、ご両人!」と冷やかされるのにも慣れてきた。

そういう時は一緒に市場に寄って夕食の食材を買って帰る。

クロードは重い荷物を軽々と片手で持ち、空いているもう片方の手でジゼルと手を繋ぐ。

大通りに出ればさり気なく車道側を歩くし、人通りが多いところではジゼルが人とぶつからないように配慮してくれる。

そんな些細《ささい》なことも大切にされている、愛されているのだと実感できてとても幸せだった。

だが……幸せであればあるほど怖くなる。

この幸せが期限付きであることを知っているだけに。

第七章　食い逃げは許しまへんで！

「ジゼルちゃーん！　タコヤキあがったよ～！」

「はーい！」

ジゼルが転生した異世界にある材料で再現した、たこ焼き。

あれから店のレギュラーメニューとして採用され、今では食堂の店主も見事なまん丸たこ焼きを焼けるようになっていた。

「はいタコヤキお待ちどぉさま～」

「来たきた、コレこれ！」

たこ焼き目当てに訪れる客も増えてきて、ジゼルにとっては嬉しいかぎりである。

今日も下町食堂は大繁盛。

そして一番忙しいランチタイムも終盤を迎え、そろそろ空きテーブルがちらほら見え始めたなと思う頃、その客はやってきた。

「いらっしゃいませー」

食堂のドアが開き、入ってきた客にジゼルは呼びかけた。

「空いているお席にどうぞ～」

その客はとても若い男だった。年の頃は一〇代前半？　一三、四歳くらいだろうか。

しかしお客さまは神さま。きちんとお代を払ってくれるなら少年でも歴とした客である。

なのでジゼルは水をサーブしながら、他の客と変わりなくその少年に告げる。

「ご注文がお決まりでしたらお伺いしますよ〜。ちなみに今日の日替わり定食はポークチョップです」

少年はメニュー表を見ていたがジゼルのその声かけで決めたようだ。

「……じゃあ……それで」

と、覇気のない声と表情でそう言った。

「は〜い。マスター、日替わり一つ！」

伝票に記入し、カウンターのところまで戻ったジゼルに店主が小声で言ってきた。

「……ジゼルちゃん。あの少年、ワケありじゃないか？」

「え？　ワケあり？」

店主の言った意味がわからずジゼルは少年の方をチラリと見る。

店主も少年に視線を巡らせ、さらに声のトーンを落として言った。

「身なりが薄汚れているし、目が虚ろなんだよね……嫌な予感がするなー大丈夫かな……？」

「お腹空いてるんとちゃいます？　まだ子供やし、なんも問題ないでしょう？」

「うーん、まぁ何か起きたら起きたでその時考えるか……」

店主はそう言って厨房へと戻っていった。

何が起こるというのだ。

まぁ確かに小汚い少年ではある。店主の言う通り何かワケを抱えているのかもしれない。

だけど食堂に客として来た以上、真心を以って接客をする！　ジゼルのウェイトレス魂に火が点いた。

「ハイお待ちどぉさん！」

ジゼルが出来上がった日替わり定食を運ぶなり、少年も火が点いたようにガツガツと食べ始めた。

『うわぁ。騎士であるクロードの食べっぷりもすごいけど、思春期の男の子の食べっぷりも気持ちいいもんがあるな～』

ジゼルは少年が一心不乱に食べる姿を見てそう思った。

『なんにせよ美味しそうに食べてくれてる、やっぱりお客さまは神さまやで』

ジゼルはその後、テーブルを拭き清めたりガラスのコップをから布巾で磨いたりと忙しなく仕事を続けた。

そのコップをカウンター上のトレイに並べようとしたその時、常連客の老人がふいにジゼルを呼んだ。

「ジゼルちゃんジゼルちゃん！」

「はいなんですか？　コーヒーのおかわりですか？」

ジゼルがその老人に返事をすると、老人は店の出入り口の方を指さして言った。

「さっきの少年、お金払わないで出ていったぞ」

「へ？」

「ジゼルちゃんが用事をして店内に背を向けて立っているのを見て、あの少年はさっさと店を出ていきおったぞ」

「え？　……それって……」

ジゼルが呆気にとられていると老人はキッパリと言い放った。

「無銭飲食じゃな」

「食い逃げかっ！　待たんかいコラァッ!!」

そう言ってジゼルは瞬発的に飛び出していた。

店を出てすぐに周辺を見渡す。すると先ほどの少年の後ろ姿を視界の端が捉える。

「ちょい待ちっ!!」

ジゼルは急いでその少年の後ろ姿を追いかけた。

「っゲッ！」

ジゼルが追いかけてきたのに気づいた少年が、慌てて速度を上げる。

少年は一見ヘロヘロな様子で走っているように見えてなかなかの瞬足であった。

普通の婦女子であれば思春期の少年の足に追いつこうなどとは思わないだろう。

しかしジゼルはそんじょそこらの婦女子とは違うのだ。

「ナメんなや！　伊達に前世でヒョウ柄の服着とったんとちゃうぞオラァッ!!」

と、力いっぱい叫んで全速力で追いかけた。

「ヒィィッ……!?」

ぐんぐんと速度を上げ、鬼の形相で追い迫ってくるジゼルに少年は恐怖を覚え必死で逃げる。

「止まり！　今やったらゲンコツ一発で許したるから大人しく捕まりっ！」

ジゼルは追いかけながら少年に止まるように声をかけ続ける。

さながら犯人に呼びかけながら追跡するパトカーだ。

「そんなこと言われて止まるわけねぇだろっ！」

「待たんかい！　食い逃げなんて許さんでっ!!」

少年も全速力で走りながら言い返してきた。

「なんだよオバサンっ!!　追いかけてくんなよっ!!」

「誰がオバサンじゃゴラァッ!!　とっ捕まえて戎《えびす》橋から一粒一〇〇万倍のポーズで道頓堀川にダイブさせたろかっ!!」

「ギャ――ッ!!」

妙齢の女性とは思えない気迫に気圧される少年。

心の底から恐怖を感じて必死に逃げるも、足がもつれてしまい少年は派手に転んでしまった。

「わあっ――!?」

＊

「それで？　どうして無銭飲食なんてしたんだい？」

転倒して結局ジゼルにとっ捕まえられた少年。

今は擦りむいた膝をジゼルに手当してもらいながら食堂の店主に事情を訊かれていた。

「……お金がなかったから……って！　痛てぇよっ！」

消毒のために塗った薬が滲《し》みたのだろう、少年がジゼルに文句を言う。

「やかまし！　小僧の膝小僧を手当したってるんやから文句を言うな！」

ジゼルはそう言って大きな絆創膏《ばんそうこう》をベタンと貼った。

「ってぇえ……!」

痛みに悶絶《もんぜつ》する少年に店主は言う。

「坊主、名前は? 親はどうした?」

「……」

少年は不貞腐れ、そっぽを向いて何も答えない。

店主は小さく嘆息する。

「何も話さないんじゃ自警団に引き渡すしかないんだぞ?」

「上等だ! 自警団でも騎士団でもさっさと呼べばいいだろっ! どうせもう生きていたって仕方ないんだからっ!」

自棄になって少年はそう言う。だけどその時、少年の腹がグゥ〜と鳴った。

「……!」

「なんだ坊主! まだ腹を空かしているのかっ」

「あれだけ走ったらまた腹も減るわなぁ」

「俺がお前さんくらいの年の頃なんざ食っても食っても腹を空かせていたなぁ」

店主も店に残っている常連客たちもお腹を鳴らした少年に向かってそう言って笑った。

食い逃げをして捕まり、自棄になり威勢よく啖呵を切ったのにその有り様で、少年は悔しさのあまり歯噛みして俯いた。

がその時、俯いた視線の先にひと皿のたこ焼きが置かれる。

少年は目を見開いてたこ焼きを見て、それからその皿を置いたジゼルを見た。

「食い逃げは許せんけどな、育ち盛りの子供がそんなガリガリでお腹空かしてる姿なんかもっと見たないわ。それはウチの奢《おご》りやから気にせんとたんと食べ」

「っ……」

ジゼルのその言葉を聞き、少年はじっと黙ったままたこ焼きを睨みつけた。

素直になれない少年は悔しそうにたこ焼きを睨み、微動だにしない。

そんな少年の頭をジゼルはぺしりと叩いた。

「てっ！　なんだよっ」

「食べ物に喧嘩《けんか》売ってどないすんの……意地張っててんと早よ食べ」

少年はジゼルに叩かれた頭をさすりながら再びたこ焼きを見つめた。

ほかほかと湯気と芳しい香りを放つ丸い食べ物。

これはなんだと思いつつも美味しいものであるのは匂いでわかる。

少年はフォークを手にしてたこ焼きを口に入れた。

「っ……！」

その美味しさに一瞬目を見開き、その後少年は一心不乱にたこ焼きを食べ続けた。

そして食べながら、少年から嗚咽《おえつ》の声が漏れ出す。

「うっ……ふっ……うぅ……うっ……」

少年は涙を拭いながらたこ焼きを食べ続けた。

そんな様子を見て、ジゼルも店主や常連客たちも無銭飲食をした少年を責めることなどできなかった。

ジゼルはそんな少年のためにせっせとたこ焼きを焼き続ける。

やがてようやく満腹になった少年がぽつりぽつりと自身の身の上を語り出した。


少年の名前はトムル。

両親は古書店を営んでいたそうだ。

しかしその両親は古書の買い付けに行く途中で馬車の事故に遭い、二人とも帰らぬ人となったのだという。

そしてトムルは亡くなった母方の親戚に引き取られたのだが、その親戚の家で酷い扱いを受けてきたらしい。

役所に言われてやむをえず引き取ったトムルを厄介者として、満足な食事を与えずに家業の手伝いをさせていたというのだ。

まったく、どこかで聞いたような話である。

「まんま、ウチと同じような境遇やないの……」

ジゼルは当然、叔父に引き取られた後の自分の姿とトムルを重ねた。

「それでこんなに痩せてるんだな……」

店主が痛ましそうに少年を見る。

トムルはなおも身の上を話し続けた。

「腹が減るくらいは、辛いけどまだマシなんだ……だけど睡眠時間を削られて働かされるのは……とても辛い……だから……耐えられずに親戚の家を逃げ出したんだ……」

「そのナリじゃあ家を飛び出してかなり日数が経ってるんじゃないかい？　今までどうやって生きてきたんだ？」

常連客の一人がトムルに訊くと、トムルは小さな声で答えた。

「橋の下で……寝ていた。雨が降っても濡れずに済むし、人に見つかりにくい……食べものは……ゴミを漁ったり、落ちてるものを拾ったり、運が良かったら魚が釣れたりして……「もうええっ！　もう言わんでええ！」

ジゼルはそれ以上聞いていられず、トムルの言葉を遮って思わず彼を抱きしめた。

「っ!?」

ジゼルの柔らかく豊満な胸に頭を押し付けられ、トムルは驚いてジタバタとする。

そんなトムルをお構いなしに、ジゼルはおいおいと涙を流しながら抱きしめた。

「辛かったなっ……苦しかったなっ……ようひとりで頑張ったなっ……！」

ジゼルの腕の中でトムルはつぶやくように言った。

「ゴミは食べられるところがホントに少なくて……空腹に耐えられずこの店に……金もないのに……本当にごめんなさい……」

「ええんや～！　もうほんまにええんや～！　よぅ頑張った！　ほんまに頑張った！　これからはウチがあんたの味方やからな！」

ジゼルにそう言われ、トムルは再び泣き出した。

店主も客たちもトムルの話を聞きもらい泣きをしている。

食堂の中は皆が涙を流す、そんな異様な光景が繰り広げられた。

腕の中で泣く子供に、ジゼルの胸がキュンキュンする。

そこからは皆でこれからトムルをどうするかを相談した。

「まずは自警団に連絡だな」

客の一人がそう言ったのを聞き、トムルがビクッと肩を震わせた。

それを見たジゼルがその客に言う。

「なんで自警団に？　無銭飲食したのはもうマスターが、かまへんって言うてくれてるやん。お代が必要やったらウチが払うし」

「でも、もしかしたらその親戚から捜索願いが出されているかもしれないだろ？　それなのに保護しただけでなんの連絡も取らなければそれは誘拐になっちまうよ……」

「あぁ、そうか……」

客の説明を受けジゼルが納得すると、店主が皆に告げた。

「じゃあとりあえず自警団に連絡して、その上でこの子の置かれた状況を説明しよう。そして保護が必要だと訴えるんだ」

「もし、役所が保護の必要なしと見なしてクソ親戚の家に連れ戻されたらどうする？」

「そ、そうだな……それもないとは言いきれないな……親権は親戚《向こう》が持っているんだろうし……困ったな、でも自警団に知らせないわけにはいかないぞ、一体どうすればいいいんだ……」

皆が頭を悩ませてどうするのがトムルにとって最良の選択となるかを考える。

しかし様々な意見を出し合えど、親権を持つ親戚からトムルを解放する術《すべ》が見つからない。

そうやって頭を悩ませ思案する大人たちを見てトムルは言った。

「……みなさん、食い逃げしたオレのために色々と考えてくれてありがとう……オレ、このまま橋の下で暮らすよ。そしたら自警団に報告しなくてもいいだろ？　親戚の家には絶対に帰りたくないんだ……」

トムルのその言葉にジゼルは慌ててまたトムルを胸に掻き抱いた。

「あかん！　そんなんあかんよ！　橋の下だなんて夜露は凌《しの》げんし犯罪に巻き込まれるかもしれへん！　それに、それにゴミを食べて暮らすなんてっ……絶対にあかーん！　わーん！」

もう二度と子供に、トムルにそんな辛い思いはさせたくない。守ってあげたい、ジゼルの中で眠る母性が覚醒し、爆発した。

そしてオイオイとまた泣き出したジゼルの胸の中で精神的にも肉体的にもトムルが困り果てていたその時ふいに食堂のドアが開き、クロードが顔を出した。

「ジゼル、今日は夕方で上がりだろう？　迎えに来た……よ……」

自身もシフト交代を終えたクロードが食堂までジゼルを迎えに来たのだ。

そしてドアを開けてすぐに、妻が少年の頭をぎゅうぎゅうと抱きしめて泣いているのを見て目を見開く。

「……これは一体どういう状況だ……？」

クロードはそう言ってズカズカとジゼルの元へと来て、トムルから引き剝がした。

クロードに引き寄せられ、ジゼルは目に涙を溜《た》めながら訴える。

「何すんのクロード……！」

「何をするはこちらのセリフだジゼル。未成年とはいえ男の頭を抱えるなんて」

あからさまに不機嫌なクロードの声にジゼルは反論する。

「だってトムルはかわいそうな子なんやで？　まだ大人の庇護《ひご》下におらなあかん子供が苦労して……かわいそうやと思わんのっ？」

「待て待て、何が一体どうなったって言うんだ？」

不機嫌でありながらも冷静にそう尋ねるクロードに、店主が肩を竦めながら説明した。

トムルが食い逃げして、それをジゼルが一人で追いかけたと聞いたあたりからクロードはこめかみを押さえながら話を聞いている。

そして状況の説明を受けたクロードがジゼルに言った。

「キミは……なんて無鉄砲な。トムルが子供だったからとはいえ、暴力的な性格の持ち主だったらどうするつもりだ？　こんな危険なことは二度としないでくれ」

諭すような懇願するようなクロードの口調に彼の悲痛な思いが伝わってきて、店主や客たちは酷く同情して深く頷いた。

「でもっ……！」

クロードの言葉に言い返そうとしたジゼルの唇をクロードは人差し指を押し当てて封じた。

「でもも案山子《かかし》もない。危険な行動は夫として容認できないよ。わかったね？　ジゼル」

そんなジゼルとクロードを見て、店主や客たちは「新婚だからね」「熱いねぇご両人」「旦那の前じゃあ下町の女豹もただの子猫ちゃんになるんだな」「ジゼルお姉さん結婚してたんだ……」と、皆が口々に好き勝手言っているのが聞こえてくる。

だけどクロードに唇を封じられて真っ赤になってコクコクと頷いているジゼルの耳には届いていなかった。

そして事情を聞いたクロードは皆に向かってこう告げた。

「本人が志望しているのであれば、親権を持つだけの親戚が何を言おうが却下できる方法がある」

「えっ、そんなことが可能なのかい？」

客の一人が目を丸くしてクロードを見た。

クロードは頷いて、トムルに言う。

「騎士見習いとして騎士団に入団するんだ」

「え？」

ジゼルがきょとんとすると、周りからは「なるほどその手があったか」という声が上がった。

要領を得ないジゼルがクロードに問う。

「どういうこと？　騎士団に入れば親戚は口出しできへんの？」

「そうだ。騎士見習いとなると、その身柄は騎士団預かりとなる。そうなれば親戚の都合だけでその子を好き勝手に扱うことは許されない。騎士は国の剣だからな」

「そのためにトムルに騎士になれということ？」

「それを決めるのはトムル自身だが」

クロードはそう言ってトムルに向き直った。

「どうする？　騎士になるためには厳しくて苦しい訓練を受けなければならない。しかし見習いでも寮があるし、しっかり食べて体を作るように食事も出る。それに少ないが小遣い程度の給金ももらえる。騎士になるか、親戚の家か橋の下に戻るか。選択肢は自ずと限られてしまうが、選ぶのはお前自身だ」

　それを聞き、トムルは黙ったまま俯いた。

　真剣に考えているのだろう。

　その様子を大人たちはただ静かに見守る。

　やがてトムルは俯いていた顔を上げた。その顔には迷いながらも答えを出した潔さが現れていた。

「オレ……騎士見習いになる！　それで、正々堂々と親戚《あいつら》と決別して一人前になってやる！」

　トムルの決意を聞き、クロードはゆっくりと力強く頷いた。

「よし。入団の身元引受け人は俺がなろう」

「騎士爵を持つギルマン卿が身元引受け人になってくれるなら問題ないな！」

　店主がそう言ったのを聞き、トムルは驚いた表情をジゼルに向けた。

「え？　クロードさんて貴族なの？　じゃあジゼルさんも？」

　ジゼルは肩を竦めながら眉尻を下げる。

「一応はな。一応はそうなるらしい」

「一応じゃなくてそうなんだよ」

　クロードがジゼルの肩を抱いてそうキッパリと断言した。

　そうして本来なら帰宅するはずであったクロードだが、親戚が騒ぎ出す前に手続きを済ませておく方がいいとトムルを騎士団詰め所へと連れていくこととなった。

トムルはジゼルや食堂の皆に深々と頭を下げて礼を言った。

「ジゼルさん、みなさん、本当にありがとう。そしてごめんなさい」

そんなトムルにジゼルは優しげな眼差しで告げる。

「もう二度と、食い逃げなんてしたらあかんよ。真っ当に生きるんやで」

「うん、もう絶対にしない。早く一人前の正騎士になって恩返しに来るよジゼルさん」

「恩返しやなんて大袈裟やな。そんなん気にせんでええんよ」

「もしオレが一人前になって、その時ジゼルさんが独身ならオレのお嫁さんになって」

トムルの言葉にジゼルは破顔した。

「わぁほんま？　じゃあその時はよろしゅうな」

「そんな時は来ないから」

ムスっとしたクロードがそう言ってトムルの肩を抱いて歩き出した。

歩き出したトムルがクロードにこっそり小声で「ジゼルお姉さんっておっぱい大きいね」と言って、それを聞いたクロードが眉間に皺を寄せてトムルの頭を小突いた。

そんなトムルの背中にジゼルは声をかける。

「トムル！　元気でな、しっかり頑張りや！」

トムルは振り返って満面の笑みで手を振って応えてくれた。

二人のその背中を、とくにクロードの背中を見つめながらジゼルは思った。

クロードはジゼルが独身《ひとり》になるような、そんな時は来ないと言っていたが実際はわからない。

結婚してじきに一年半になる。もう少ししたらロードは出会うはずなのだ。

原作のヒロイン、アイリスに。

原作ではクロードが〝運命〟と称した彼の最愛の人に。

『それとももう出会ってるんやろか……? その割にはクロードの態度が少しも変わらへんのよね』

だからきっとまだ出会ってないのだと思う。

『大丈夫、大丈夫。自分で決めたことや。どんな結果になってもクロードを恨んだりなんかせぇへん』

ジゼルはきゅっと唇を引き結んだ。


だけど月日が過ぎ、そろそろアイリスと出会っている頃だと思うのに、クロードに変わった様子は一切見られず、同じような穏やかな日々が続いた。

『おかしいな。いくらなんでももう出会ってると思うんやけど……?』

一向に様子が変わらない夫に、ジゼルは首を傾げていた。

だけどそれから少しして、騎士見習いとなったトムルが元気にやっていると聞いた後で、クロードにこう告げられる。

「王家の問題の件でしばらく忙しくなる。帰れない日もあるかもしれない」

とうとう……来た。ジゼルはそう思った。

原作では王家のトラブルに見舞われたアイリスの護衛騎士に任ぜられたクロード。

それにより共にいる時間が増え、クロードは健気なアイリスに惹かれてゆくのだ。

『なんや、ストーリー通りやん。いつの間にかもう出会ってたんやね、ヒロインに……』

クロードの運命の人に。

だけどそれを聞いたとしてジゼルにできることは何もない。

ジゼルはただ、任務で戻らない夫に忘れられたような日々を過ごすのみだ。

そこからどんな結末を迎えるのか、ただ待つより外ないのである。

第八章 枕を抱えて眠る夜

事前の宣言通り、クロードは任務により帰宅できない日が増えた。

増えたどころかすでに自宅に帰ってこない状態だ。

原作《ラノベ》での時系列としては物語冒頭から少し時間が経過して、ご落胤《らくいん》としての存在が明らかとなり、王女として王宮に迎えられたアイリスが第一王女ビオラに命を狙われたために王家の別邸にて匿われている頃だろう。

王太子と第二王子からの信任が厚いアドリアン・サブーロフとクロード・ギルマンがアイリス王女の専属護衛騎士に任じられ、警護責任者として別邸に泊まり込んでいるはずである。

この状態がいつまで続くのか。

原作を知っている花子……ジゼルには予言者のように言い当てられる。

王妃の娘である第一王女ビオラ（女性のために王位継承権はない）がアイリスの排除に失敗し、その証拠を片手に第二王子ジェラルミン（王太子とジェラルミンは側妃の子）がビオラを失脚させるまで、約三カ月間である。

原作ではその三カ月間でクロードはアイリスに惹かれ、彼女を誰よりも愛するようになるのだ。

誠実なクロードにただ一心に愛されるアイリスの姿を、前世の花子は羨ましく思ったのを記憶している。

『今世でもそうや。ウチはアイリスが羨ましくてしゃあない』

クロードの性格が原作とは違うように、そのモブ妻のジゼルがまさかの前世持ちであったというように、もしかしたら原作と違う結末になるのではないかと思ったが、今回クロードが物語通りにアイリスの護衛騎士になって帰らないことを考えれば、やはり変えられない主軸というものがあるのかもしれない。

それに抗ったとて、何か大きな力が物語に関与しているならばジゼルがどう足掻こうと無駄なのだろう。

いざ原作《物語》が始まって、シナリオ通りクロードと離れてみればどうして離婚せずに済む未来もあると思えたのか不思議に思えてくる。

『クロードはもう、今頃アイリスに惹かれ始めてるんやろか』

また会えなくなった夫の心が、以前よりも遠く感じた。

わかっていたことだ。覚悟していたことだ。

それでもいいと側にいることを決めたのはジゼルなのだ。

『悔いはない。ええ夢見せてもろたわ』

こんなにも誰かに大切にされた経験なんて前世《花子》においてもなかった。

考えてみれば失うものはクロード・ギルマンの妻という戸籍だけだ。

ジゼルには食堂のウェイトレスという職も、安心して暮らせるアパート《家》も、それに離婚時にふんだくる慰謝料もある。

『大丈夫。当初の予定とそんな変わってへん』

そう、変わってなど……

「……そんなことないか」

クロードの妻となると決めてからの暮らしで変わってしまったことが一つだけあった。

夜、一人で眠るのに寂しさを感じるようになってしまったことだ。

二人で眠る温かさを、ジゼルは知ってしまったから。

今夜もジゼルはひとり、ゆっくりと寝具に身を包む。

セミダブルのベッドが広く感じて仕方ない。

「……寂しい。一人で寝るんはやっぱり寂しいわクロード……」

ジゼルはクロードの枕を引き寄せ、ぬいぐるみを抱くように抱え込んだ。

まるでクロードを抱きしめるように。

クロードが帰らなくなり、ジゼルは枕を抱えながら眠る夜を過ごすようになっていた。

「……羊が一匹、羊が二匹、羊が三匹……」


明くる朝、羊を二〇匹まで数えた後からの記憶がないジゼルは、非番であった。

だけど習い性かいつもと同じ時間に目が覚めた。

朝食を済ませ、洗濯や掃除などの家事も済ませ、お茶でも淹れてひと息つこうかと思ったその時、
玄関のチャイムが鳴る。

「はーい」

ぱたぱたと玄関へ行き応対すると「荷物のお届けです」と訪いの理由を告げる声がした。

荷物のお届け？　はてなんぞや？　と思いながらジゼルは配達員から荷物を受け取る。

その配達員は帽子を目深に被った、やたらと存在感の薄い印象の人間であった。

荷物はとても軽くて枕くらいの大きさのもの。

そしてファンシーな包装紙に包まれている。

「まるでおもちゃ屋さんの包装紙みたい」

とジゼルはひとり言を言いながら、包装紙はまた何かに使えるだろうと破らないようにそっと包みを開けた。

すると中には……

「え？　羊？」

中にはふわふわの可愛らしい羊のぬいぐるみが入っていた。

「な、なんで羊のぬいぐるみ？」

と思いながらジゼルがその羊を抱き上げると、ひらりと一枚のカードが落ちた。

「ん？」

ジゼルはカードを拾い、それに目を通す。

そのカードには結婚してから見知った文字でこう書かれていた。

【愛するジゼルへ。帰れなくてすまない。このぬいぐるみを俺だと思って、夜は抱きしめて眠ってほしい。俺もジゼルに抱きしめられていると想像しながら眠りにつくよ。そうそう、ぬいぐるみはカタログを取り寄せて俺が自分で選んだものだ。なんだかキミに似ているだろ？　～クロード～】

「……クロード……」

ぬいぐるみはクロードからの贈り物のようだ。

そういえば結局は下男の妻に横取りされていたが、前回の留守時にも贈り物をしてくれていたと言っていたのをジゼルは思い出す。

このぬいぐるみを、わざわざジゼルのために選んでくれたのだろうか。

『ウチに似てる?』

ジゼルはぬいぐるみを抱き上げ、そのつぶらな瞳を見つめる。

「……可愛いやん」

ジゼルはそう言って羊のぬいぐるみを抱きしめた。

「嬉しい……」

ぬいぐるみだろうとなんだろうと、クロードがジゼルを忘れずにジゼルを想って贈ってくれたことが何よりも嬉しかった。

その日を境に、週に一つずつ、羊のぬいぐるみは届けられた。

『愛してる』『早く会いたい』と書かれたカードと共に。

ジゼルは変わらず印象の薄い配達員から受け取ったぬいぐるみを手に取る度に笑みをこぼす。

「ふふ、なんで羊ばっかりなん?」

回を重ね、届けられるのがぬいぐるみだけになりカードが添えられることがなくなっても、ジゼルは羊が家に届く度に抱きしめて眠った。

そしてセミダブルのベッドにたくさんの羊のぬいぐるみが並べられる頃。

原作ではアイリスの潜伏が終わる三カ月目を迎えていた。

第九章 上官の妻

『すまない。君という妻がありながら……他に愛する人ができた』

物語の中でクロード・ギルマンは妻にこう言った。

妻の心情やセリフは描かれてはいなかったが、作中に涙を流す妻に別れを告げて、クロードは離縁状を置いて家を出たと書かれてあった。

「そういえばあの原作のタイトルってなんやったっけ……？　そうや、たしか……」

ジゼルの脳裏に前世に読んだ原作の表紙が浮かび上がる。

長いタンザナイトの髪を風になびかせた主人公アイリスの頭上に掲げられたタイトル……
●踏みつけられ、虐げられた私がじつは王女さま？　え？　ウソでしょ？
~今度こそ幸せになろうと頑張っていたら、いつの間にかみんなに愛されていました~●

「って、長いわっ!!」

食堂の仕事が終わり、帰り支度をしながら考えごとをしていたジゼルが思わずそう口に出していた。

「え？　長いかい？　そうかな、普通だと思うんだが……」

と、エプロンの紐《ひも》を結んでいた食堂の店主が自身のエプロンの紐を見て言った。

「あ、紐の話とちゃいます。変なことゆーてごめんなさい。それじゃお先に失礼しますね~」

原作のタイトルを思い出したジゼルのツッコミを、紐の長さだと勘違いした店主に挨拶をして食堂を後にした。

「……ふぅ」

ジゼルはひとつ、小さくため息をつく。

クロードが任務のために帰らなくなって早三カ月。

今、国内は第一王女ビオラの話題で持ち切りであった。

王妃の娘であるビオラ王女が父王の毒殺を計った。

しかし王太子の活躍により未遂に終わり、ビオラは反逆者として生涯幽閉の身となったと報じられたのだ。

原作を知っているジゼルはこれが第二王子ジェラルミンによるでっち上げの冤罪《えんざい》であることを知っていた。

まぁでっちあげられたのは罪を立証する証拠品と証人で、実際にビオラ王女は父王を暗殺しようとしていたのは事実であるのだからどうでもよいのだが。

『ということはもうアイリスを匿わなくてもよくなったということやんな？』

そろそろクロードが帰ってくるのだろうと思いつつも、顔を合わせて告げられるのは別れだと知っているジゼルは憂鬱で堪らない。

任務中のクロードから届けられる羊のぬいぐるみにカードが添えられなくなったことにより、ジゼルはやはりシナリオは変えられなかったのだと悟っていた。

『まぁおかげでベッドの上は羊だらけで賑《にぎ》やかになったけど』

慰謝料の他、クロードからの餞別《せんべつ》だと思って有り難くもらっておこう……ジゼルはそう思った。

そう気丈に思っていないと、辛くて泣き出してしまいそうだったから。

『前世の花子もそうやったけど、ウチはほんま、男運ないんやなぁ……』

でも友達運はあったと覚えてる。

花子には唯一無二の親友がいた。職場の同僚でラノベ好き仲間だった、マブダチと呼べる存在が。

『今世でもそんな人と出会えるといいなぁ』

そんなことを考えながら、ジゼルはひとり家路を急いだ。


次の日、ジゼルを訪ねてアパートに来た人物がいた。

「はじめまして。突然の訪問でごめんなさいね。私はミコラ・サブーロフ。王国騎士団特務隊アドリアン・サブーロフの妻です」

訪問者の正体を知ってジゼルは驚愕の声を上げる。

「サブーロフ子爵夫人⁉︎⁉︎」

ミコラ・サブーロフ子爵夫人
クロードと結婚する前、叔父の仕事の手伝いで騎士団の敷地内に出入りしていた頃からその噂《うわさ》は耳にしていた。

美しくたおやかな印象とは裏腹に王国最強の騎士であるアドリアン・サブーロフを尻に敷く、豪胆な恐妻であると。

そんな噂をされる、そしてお貴族さまのご内儀がこ、こんな安アパートの玄関にっ……！

なぜどうしてと狼狽えるジゼルにサブーロフ子爵夫人ミコラは笑みを浮かべながら言う。

「身構えないで。今は子爵家の女主人に収まっているけど、私自身出自は商人上がりの準男爵家の娘なの。事業で国に大きな利益をもたらした功績で私が十七の年に父が準男爵の位を授かっただけで、子供の頃は王都の川に飛び込んで遊んでいたじゃじゃ馬なのよ」

「そ、そうですか……あ、ご挨拶が遅れました。ジゼル・ギルマンと申します。夫がいつもご主人にお世話になっております。あの、狭い家ですがよろしければお入りください」

「まぁよろしいの？　ごめんなさいね、突然押しかけて」

「いえいえ、どうぞ！」

ジゼルはそう言ってドアを大きく開け、ミコラを招き入れた。

「お邪魔します」

平民の安アパートなのに、彼女は丁寧にそう言って入ってくる。

ジゼルはテーブルの椅子を引き、そこに座ってもらうように促した。

「ほんま大したおもてなしはできませんけど……」

ジゼルはそう言って今朝焼いておいたドライフルーツがたっぷり入ったパウンドケーキと紅茶を差し出した。

「まぁ美味しそう。ありがとう、いただきます」

ミコラは嬉しそうにケーキも紅茶も食べてくれたのでジゼルはひと安心した。

「それで……今日はどのようなご用件で……」

ジゼルが恐る恐る訪いの理由を尋ねると、ミコラは手にしていたカップをソーサーに戻した。

「先日、夫からようやく連絡が来たの。今回の任に就いてから初めてよ」

「え？　初めて？」

ジゼルのところには最初の方はぬいぐるみと一緒にカードが添えられていた。三カ月が過ぎた今ではぬいぐるみさえ届かないけれど。

「まぁ警備責任者としての立場であれば仕方ないとは思うけど、本当の理由はわかっているの」

「本当の理由？　な、なんかあるんですか？」

「私に、筋トレをサボっていないかを問いただされるのを恐れているのよ！」

任務上の重要な機密か何かと思ったジゼルだが、想像もしなかった単語が飛び出したことに一瞬反応が遅れる。

「……へ……？　ん？　筋トレ？」

「私ね、あの人の筋肉に惚れて、それであの人のプロポーズを受けたの。そしてその時に強く逞しく美しい筋肉の維持を結婚の条件に入れたのよ。以降私も結婚生活の中で美しい筋肉保持のサポートをし続けて、夫婦の愛と共に夫の筋肉も育んできたわっ……」

「え、えっとぉ……？」

一体なんの話やねん？　とツッコミを入れたくなったが我慢我慢。

夫の上官の妻であるご夫人がまさか筋肉トークのためにわざわざこんな安アパートに来るわけはないのだから。

そう思ってジゼルは大人しくミコラの話を聞き続けた。

その後もサブーロフの筋肉のためには食事のコントロールも大切だと続き、鶏のササミを美味しく調理する方法やどのメーカーのどのフレーバーのプロテインが美味しくてオススメだとかいう話が延々と続いた。

そして散々夫の筋肉について語った後に、

「まぁ要するに、一連の騒ぎは収拾したものの、第二王女殿下が落ち着かれるまでもう暫く、ウチの旦那さまもクロードさまも帰れない、という連絡が来たということなの」と締めくくった。

「筋肉全く関係ありませんやーんっ！」

とうとうジゼルがツッコミを入れてしまうのもまあ致し方ないことだろう。

「だってきっとあの人、任務の影響で日々の筋トレメニューをこなせていないわ。食事だってきっと王宮で出される、筋肉よりも脂肪を育む料理を食べているに違いないわっ……！」

「そらまぁ出されたものをお利口さんに食べるしかないですよねぇ」

「前回の長期任務で不在だった時も帰ってきたらすっかりやつれていて、ゴッソリ筋肉が落ちていたのよ！」

「あぁ、ウチの旦那が新婚早々帰ってけぇへんかったあの任務ですね……」

「だいたい我が国の王族は護衛騎士をなんだと思っているのかしらっ？　体のいい便利屋とか思ってるんじゃないかしらっ？」

「あ、それは私もそう思います」

「そうよねぇっ？　騎士の家族のことなんて全く配慮してくれない上に、大切な騎士の筋肉になんの理解も示さないっ……横暴だわっ」

「いやそこは筋肉関係ないんとちゃいます？」

それにこんな市井の安アパートに国の中枢に関わる人間の耳があるとは思えないが、不敬ともとられる発言は控えた方がいいだろう……と、思いつつジゼルもまぁいいかと日頃の鬱憤を言葉にして吐き出した。

「筋肉はともかく！　騎士を家に返さないなんて酷いと思います！」

「そうよね！」

「いっつもいっつもクロードやサブーロフ卿ばっかりこき使《つこ》うて、他に信頼できる騎士はおらへんのですかっ？」

「そうなの！　いないのよ！　王族《あの人》たち、人徳がないから誰も信用できないの！　自分たちの日頃の行いが悪いのに！」

「だから手っ取り早く近くにいるクロードとサブーロフ卿ですか！　人使いが荒すぎるでしょ！　国のトップがそんなんでええんですかっ？」

「いいわけないわよねっ！　あれは重用しているんじゃなくてこき使っているだけよっ！」

「そうだ！　そうだ！　旦那を返せー！」

「筋肉を返せー！」

とまぁそんな感じでジゼルはミコラと一緒になって散々言いたいことをぶち撒けたのであった。

あんなに重い石でも飲み込んだように沈んでいた気持ちがかなり軽くなった。

そんな様子のジゼルを見て、ミコラが微笑む。

「ふふ。良かった。少し元気になったみたいね」

「え？」

ミコラの言葉にきょとんとするジゼルに彼女が言った。

「夫の手紙には、訳あって暫く動けない。だからそのことをギルマン卿の奥さまに伝えてほしいことと彼女の様子を見てきてほしいと書かれてあったわ。それで不躾《ぶしつけ》にも突然お邪魔したんだけど、ドアを開けた時のあなたの顔を見に来て良かったと思ったわ。これはかなり不安と不満が溜まっているなと思ったの」

「私、そんな酷い顔してました？」

「ええ。というか、同じ立場である私だからわかったのかもしれないわね。私も結構鬱憤が溜まっていたから。あなたと色々と叫んでスッキリしたわ！　ありがとうジゼルさん。あなたはどう？」

そう言って屈託のない笑みでこちらを見るミコラに、ジゼルは景気よく答えた。

「はいっ……おかげさまで！」

「ふふふ、良かった！」

ミコラは大きく相好を崩し、「またお邪魔してもいいかしら？　今度は極上のプロテインを持参するわ」と言って帰っていった。

クロードが言っていたのをジゼルは思い出す。

上官であるサブーロフ卿は妻に頭が上がらない恐妻家であり、また妻をこよなく愛する愛妻家でもあると。

そんな愛されている自信が彼女をイキイキと輝かせていた。

自分もクロードの妻としてあんな女性になりたいと、そう思わせる素敵な女性だった。

筋肉教の信者にはなれそうもないが。

それにしても、まだ帰れない訳とはなんだろう。

クロードはやはりアイリス王女に惹かれて、彼女の側にいたいと思っているのかもしれない。

だけどサブーロフ卿までとは？

彼はアイリスのハーレムの一員ではなかったはず。

それなのになぜ？

『まさか原作と違う展開がこんなところにも？　まさかサブーロフ卿までアイリスの信者に……？』

もしそうであればミコラが気の毒すぎる。

自身も夫に会えず寂しい思いをしているだろうに、ジゼルを気遣い励ましてくれた。

そんな彼女も夫に捨てられることになるとしたら……。

一体どうなってしまうのか、ジゼルはもう何もわからなくなってしまっていた。

閑話 ナイスマッスルガイ・ルッキングツアー

「ほらミコラさま、こちらですよ」

「待ってジゼルさん、市場なんて久しぶりだからドキドキするわ」

ジゼルは今日、ガタイの良いナイスマッスルガイを見物《ルッキング》するためにミコラを連れて市場を訪れていた。

互いに夫が帰らない者同士、交友が始まったジゼルとミコラ。

ジゼルには夫のクロードから羊のぬいぐるみが届いていたが、ミコラは夫であるサブーロフとは全くの音信不通であったのだ。

それが気の毒に感じたジゼルは以前市場で見かけた体格のよい酒屋の店主をミコラに紹介しようと決めたのであった。

紹介といってもべつにどうということはない。

ただ市場にこんなマッスルメンズもいるのだと、ミコラの目の保養のために教えるだけだ。

無類の筋肉好きで、何よりも夫の筋肉をこよなく愛するミコラが、店主を見て少しでも筋肉不足を解消できるようにと。

夫不在の寂しさを一時でも忘れられればいいなと、ジゼルはそう思った。

だからこうして二人の都合が合う日を見つけて、市場まで繰り出したのだった。

今は子爵夫人であるミコラだが、元は商家の娘であったことから市場に来るのになんの抵抗もないようだ。

しかし婚家の者に市場に筋肉メンズを愛《め》でに行くと言って驚かせてもいけないので、ミコラは今日は実家に里帰りと称して出てきたらしい。

クロードも騎士爵を賜ったのだが、今の段階では平民時代の暮らしと何も変わっていない。

当然ジゼルも平民の暮らしを続けているので市場に来るくらいなんでもないのだが、やはり元からのお貴族さまと結婚するのは大変だなあと、ジゼルは自由のない貴族のご夫人方が気の毒に思えた。

と、いうわけでなんやかんやと市場内にある酒屋まで足を運んできたジゼルとミコラ。

二人揃って買い物客を装って店内を見回した。

コソッ「いたっ……！　いましたよミコラさんマッスル店主です」

コソッ「え、どこどこ?」

コソッ「ほら、店の奥で酒樽《さかだる》の並べ替えをしてます」

ジゼルがそう言って店の奥に目を向けると、ミコラも後を追うように目線を巡らせた。

そしてそこにいたナイスマッスルガイを見つける。

コソッ「きゃぁぁ……本当だわ～！」

ミコラが小さく感嘆の声を上げた。

コソッ「ね?　なかなかの筋肉メンズでしょう?」

コソッ「そうねそうね、ナイスね～！」

酒屋の店主は三〇代後半。決して身長が高いわけではないのに大きく見えるのはあの筋骨隆々とした体軀のおかげだろう。

仕事柄毎日重い酒樽や酒瓶を持ち、きっと自身の全盛期から変わらずナイスな筋肉を維持しているのではないかと思われる。
ミコラがワインのボトルを手にしながら目をキラキラさせてマッスル店主を見る。
コソッ「見て、あの上腕二頭筋並びに上腕三頭筋とそして腕撓骨筋《わんとうこつきん》っ……あれは鑑賞用に作られた筋肉ではなく日々のお仕事で培われた活かされている筋肉よ！」
コソッ「活かされている筋肉？　そんなものがあるんですか？」
コソッ「あなたも騎士の妻ならわかるでしょう？　自分の夫の裸体を思い出してごらんなさい？」
コソッ「裸体って言い方っ……はい思い浮かべましたよ」
コソッ「じゃあ毎日の過酷な鍛錬で培った筋肉を纏《まと》う夫の裸体と、普段雑誌などで目にするモデルや舞台俳優の裸体と比べてご覧なさい」
コソッ「……モデルや俳優のは上半身しか知りませんよ……」
コソッ「それでいいのよ。どう思い浮かべた？」
コソッ「……はい」
コソッ「なら違いがわかるでしょう？　モデルや俳優は観客に魅せるための作られた筋肉。一方騎士やあの酒屋の店主のような生業により作り上げられた筋肉とは明らかに違うはずよ？」
コソッ「…………すみません。私にはその差がわかりません……」
ハッキリ言って同じに見える。
コソッ「まぁあなたは騎士の妻になってまだ日が浅いものね、仕方ないわ。いずれわかってくるはずだから」

コソッ「そんなもんですか……」
コソッ「そんなものなのよ」
ミコラの話を聞き、本当か？　とジゼルは思ったが他に確かめられるような騎士の妻の知り合いがいないために確かめようがないので諦めた。
酒屋のマッスル店主が今度は大量の酒瓶が入ったケースを持ち上げて商品の整理を始めた。
それを見てミコラがまた小さく感嘆の声を上げる。
コソッ「あぁ……！　ジゼルさん見て！　あの背筋！　僧帽筋が隆起して、小円筋と大円筋がまるでコブのように発達しているわ！　薄いシャツの上からでもあんなに筋肉がわかるなんてっ！
きっとあの店主は脱いだら筋肉でできた鬼の顔が現れるわよっ……！」
コソッ「背中に鬼がいるんですか？」
コソッ「翼が生えているとも形容するわ」
コソッ「ホンマですか……」
コソッ「きゃあヤダ！　ギャルソンエプロンを外してくれたからお尻の筋肉美を堪能しやすくなったわっ！」
コソッ「お尻の筋肉も見るんですか？」
コソッ「当たり前でしょう？　むしろその人物の筋肉の質の全てを語るのが大臀筋《だいでん》よっ。他を鍛えているくせに大臀筋が発達していないと〝ああ、この人ってどこか妥協して生きるタイプなんだなぁ〟って思うもの」
コソッ「お尻の筋肉で性格や生き方までわかるんですか？」

ジゼルはもはやびっくりを通り越して逆に冷静だった。

だからふとした時に見せるミコラの寂しげな表情に気づく。

コソッ「……ミコラさん、かえってご主人のことを思い出してしまいました？」

ジゼルがそう言うとミコラは小さく笑い、マッスル店主に視線を固定したままで言った。

コソッ「ふふ。どうしてもね。見事な筋肉を見てもウチの人の方がもっとすごい筋肉してるわ、あの人の方がナイスバルクだわ、って思ってしまうの」

コソッ「本当にサブーロフ卿の（筋肉の）ことを愛してらっしゃるんですね」

コソッ「まあね。あの人じゃなかったらきっと貴族と結婚しようなんて思わなかったわ……」

コソッ「わっ……お二人の馴れ初め、気になります。いつか話してくれますか？」

コソッ「ええもちろん。いつか落ち着いたらゆっくりと話してあげる。その時はぜひ聞いてね」

コソッ「もちろんです」

「そうと決まれば、せっかくナイスマッスルガイ・ルッキングに来たんですもの。心ゆくまで筋肉を堪能しなくちゃ！」

「その意気です！」

「まぁ見てジゼルさん！　あの足の腓腹《ひふく》筋とヒラメ筋!!　ふくらはぎにまるでボールを入れているみたいね！」

「うわホンマや！　ヤバいですね！　アレは！」

そうやって二人でキャイキャイしていると、ふいにマッスル店主が振り向いて言った。

「……お客さん。酒を見に来たんじゃないなら何を見に来たの？」

コソコソ話していたはずなのにいつの間にかヒートアップして店主にバレてしまったようだ。

さすがに貴方の筋肉を拝みに……とは淑女として白状できなかったので、「お酒を見に来ました～」と言って大人しく店主ではなく店内を見て回った。

そしてジゼルはブランデーとウィスキーを購入し、ミコラはワインの酒樽をふた樽、屋敷に届けるように手配した。

まぁ筋肉のお礼にそれぞれ何かお酒を買って帰ろうとは言っていたのでべつに構わないが。

そして帰り際にマッスル店主が「毎度あり！」と嬉しそうにスマイルを見せてくれたので、ミコラが「さすがは商売人！　笑顔を作る大頬骨筋と笑筋の発達が半端なかったわ！」と言って喜んだ。

まぁとにかく、ミコラがとても楽しそうにしてくれた。それだけでジゼルプレゼンツによる今日のナイスマッスルガイ・ルッキングツアーは大成功だと言えるだろう。

ミコラと別れ、アパートに帰ったジゼルは購入した酒瓶をキャビネットに入れる。

その隣にあった、まだ少し残っているウィスキーのボトルを見てジゼルはつぶやいた。

「早く帰ってきて呑んでしまわんと味が落ちるで、クロード……」

もうこのウィスキーは持ち主に呑まれることはないのかもしれない。

そう思うと一抹の寂しさを感じるジゼルだった。

第一〇章 帰らない理由

「はぁ……ねぇ、どうして帰ってこないんだと思う？」

先日の初訪問から足繁くジゼルのアパートを訪れるようになっていたアドリアン・サブーロフ夫人ミコラがテーブル頬杖をつきながらそう言った。

生粋の貴族女性であれば頬杖なんてつかないらしいのだが、彼女はその枠には当てはまらないようだ。

そんなミコラの側でジゼルはお茶のおかわりを淹れている。

「……さぁ……なんででしょうねぇ……」

まだ暫く帰れないと連絡があってから、クロードもサブーロフも待てど暮らせど帰ってこない。これはサブーロフもアイリスハーレムに仲間入りしたから戻らんのやな……とジゼルは思えども、それをミコラに話すことなどできない。

陰鬱なため息をついて、ミコラが言った。

「何度か王宮に連絡を入れてみてるの。でも夫からはただ、〝不測の事態が起き、今王宮から離れるわけにはいかない〟と簡潔な返事が届くだけ。ねぇ、一体不測の事態ってなんだと思う？　王宮から離れられないってどういうこと？」

王宮から離れられないのではなく、アイリスから離れたくないのだろう……ともミコラには言えない。

ジゼルはもうある程度の覚悟はできたが、まだ何も知らないミコラが気の毒で仕方なかった。

せめてサブーロフの場合だけは本当に任務上と不測の事態で帰れないのであってほしいと祈るばかりである。

ジゼルはミコラに少しでも元気になってほしくて話題を変える。

「ミコラさん、中央市場でナイスなマッスルガイを見つけましたよ〜」

「え、筋肉?」

マッスルガイと聞き、ミコラの眼光が鋭く光る。

「はい。あれはなかなかええ筋肉メンズやと思います」

「中央市場で?」

「酒屋の若旦那です。重い酒樽を軽々両肩に乗せて運べる屈強な肩メロンです」

「ごくり。それはマッスルウォッチングに行かなくてはいけないわね」

「お供しますよ」

「心強いわ」

ほぅらサブーロフ卿、せめてあなたは早く帰らんと。奥さまが他の筋肉に目移りしちゃいまっせ〜。

ジゼルは心の中でそうサブーロフに話しかけた。


クロードがいない生活が始まり早五カ月が過ぎようとしていた。

今ではあの甘い新婚生活は夢か幻だったのではないかと思える遠い記憶になりつつある。

いや、遠い記憶にしようとジゼルは気持ちを切り替え始めていた。

そうしないと、アパートの階段を上る力強い足音を聞く度にクロードが帰ったのではないかと期待する日々に疲れ果てていたから。

『魔道具ラジオでも買おかな？　なんか聞いてる方が気が紛れるし、でも結構高いもんやからなー。自分への設備投資と思って購入するか。どうせ慰謝料がガッポリ入る身や』とそんなことを考えていると大きな力強い声で名を呼ばれた。

「失礼っ……ジゼル・ギルマン夫人ではないかなっ？」

「……え？」

背後から声をかけられジゼルが振り向くと、そこには大柄で逞しい体軀の騎士が立っていた。

ジゼルはその男のことをよく知っていた。とはいっても彼の妻から聞かされたことがほとんどだが。

「……サブーロフ卿……！」

ジゼルはその人物の名を口にした。

夫クロードの直属の上官、アドリアン・サブーロフ子爵。

彼が従者二人を連れて街中を歩いていたところに偶然出くわしたようだ。

サブーロフ卿は従者に何か告げた後、一人でジゼルの方へと近づいてきた。

「いつぞやは失礼した、いや、まさかこんなところで会えるとはっ……天は我々を見捨ててはいなかった……！」

何やら慌てた様子で低く、心地よいバリトンボイスのサブーロフがそう言う。

いつぞやとは食堂に謝罪に来た時のことだろう。

夫の上官、しかも貴族さまにそう恭しく言われてもジゼルは戸惑うばかりである。

「い、いいえ、とんでもないです……」

この男、こんな街中で何をやっているのだろう?

サブーロフもクロードと同じくかぶりつきでアイリスの側にいるのではなかったのか。

側を離れているということはどういうことなのだろう。

そのジゼルの考えがよほどわかりやすかったのだろうか、サブーロフは肩を竦めながらこう言った。

「ようやく帰宅が叶《かな》ってな。自邸に戻るところだったんだ」

「え！　そうなんですかっ！」

帰ると聞き、その瞬間ミコラの顔が脳裏に浮かぶ。

だがサブーロフは思いがけない質問をジゼルにする。

「夫人、この後時間はあるだろうか」

「え?」

サブーロフは頭を掻きながらジゼルに言う。

「できれば王城にご足労願いたいのだが……」

「え?　なんでです?」

思いがけない言葉に、ジゼルは思わず素で答えてしまう。

サブーロフはそれを気にする様子はなかったが、なんとも歯切れ悪く言いづらそうにしながらジゼルに告げた。

「……ギルマンに弁明の機会を与えてやってほしいのだ」

「弁明の機会?」

「頼む」

「弁明？」

なぜ弁明。何を弁明。

訳がわからないし、そんなことを話してる暇があるなら早くミコラさんの元に帰ってあげてほしい。

思わず眉間にシワが寄り、首を傾げるばかりとなるジゼルは突然、サブーロフの転移魔法によって王城へと連れてこられた。

「え、な、なんでっ⁉」

王城への転移は限られたごく一部の人間にしか許されていない。

そのくらいはジゼルでも知っていることだが、突然有無を言わさず連れてくるなんてよほどのことなのかとジゼルは身構えた。

『クロードの身に何かあったんやろか……』

一瞬、そんな嫌な考えが頭を過《よ》ぎる。

「無理やり連れてきてすまない。……こちらだ」

神妙な面持ちでそう告げるサブーロフの後を、ジゼルはただ付いていく他なかった。

もう王城に来てしまったのだ。ゴチャゴチャ言って駄々をこねても仕方ない。

それにしても……。

今はまだ騎士爵を得たクロードの妻だが、元平民の身で王城に来る日が来ようとは……。

それも、会いたいのか会いたくないのかわからないクロードに自分から会いに行くなんて。

自分の足で、自分から彼の元に向かっている。

『原作にこんな描写、あったやろか……？』
ジゼルは複雑な気持ちで広く長い回廊を歩いた。
するとぐるり回廊が囲む広い中庭の向こうの東屋が目につく。
ジゼルはその東屋にいる人物に目を見張った。
一人は新聞などで見たことがあるこの国の第二王子ジェラルミン。
問題はその隣、ジェラルミンの隣に座る一人の少女だ。
古代王家の血脈を受け継ぐことを表したタンザナイトの長い髪。
『アイリス……！』
ラノベの表紙から飛び出したような美しく愛らしい娘がそこにいた。
そしてそれを見守るように側に控え立つ、最愛の夫。
「クロード……」
五カ月ぶりに見る夫クロードの姿をジゼルは呆然として見ていた。

第二章 わかっていますよ旦那さま。どうせ「愛する人ができた」と言うんでしょ?

「ギルマンに弁明の機会を」と告げられ、夫クロードの直属の上官であるサブーロフ卿に強引に王城へ連れてこられたジゼル。

ゆっくりと話せる部屋を用意するからとサブーロフ自らの案内で王城内を歩いていると、五カ月ぶりとなる夫の姿を見かけた。

ジゼルのいる回廊から遠く離れた東屋にいるクロードを。

そしてクロードと共にいる、前世最後に読んだ原作のヒロインアイリスとジェラルミン王子の姿も見えた。

『あれが生アイリス……』

アイリスの物語は挿し絵なしの電子書籍。

その姿は表紙のイラストのみであったが、それに描かれたアイリスそのものの少女がそこにいた。

輝くばかりに美しいタンザナイトの髪にアメジストの瞳。

孤児院で苦労したとは思えない肌ツヤのよい美しい顔立ちには目を見張るものがあった。

『顔ちっさ！　超美少女！　さすがはヒロイン！』

ジゼルだって結婚してからは肉付きがよくなり、花子の記憶が蘇ってからは〝下町の女豹〟(ん?褒め言葉ではない?)と称されるくらいには美人妻と評判なのだが、レベルが違うとはこのことを言うのだろう。

そのアイリスの美しさを、第二王子ジェラルミンが目を細めて見つめている。

作中でも「我が異母妹は類まれなる美貌の持ち主」と評していたことから今も自慢の妹を嬉しげに見つめているのだろう。

そして王女と王子の側に控え立つクロードも優しげな瞳でアイリスを見つめていた。

とても、とても優しい、ジゼルに向けてくれていた眼差しを今は一心にアイリスに注いでいる。

「っ……」

ジゼルは思わず胸元に手を寄せていた。

胸が苦しい。

覚悟をしていたはずなのにいざこうして目の前に現実を突きつけられると、上手く息ができないほどに辛く苦しかった。

やはり物語は変えられない。ジゼルは捨てられるのだ。

初めて愛した男性に、クロードに。

立ち止まって東屋を眺めるジゼルにサブーロフが言った。

遠くにいるクロードたちへ視線を巡らせながら。

「今、ギルマンは両殿下に報告中でな。すまないがこれから案内する部屋でしばし待っていてほしいのだ。ギルマンの謁見が終わり次第すぐに向かわせる。それから……強引に王城へ連れてきてしまったこと、本当にすまないと思っている。しかし少しでも早く、君たち夫婦で話しあった方がよいと思ったのだ……」

「……わかりました。ご配慮に感謝します」

ジゼルがそう言うとサブーロフはただ頷き、また再び歩き出す。

その部屋が夫婦としての終焉の場か。

ジゼルは黙ってサブーロフの後に付き従った。

そしてとある小さな部屋へと通される。

そこは応接ソファーが対になって置かれているだけの簡素な部屋であった。


サブーロフは手ずからジゼルのためにお茶を淹れ、こう告げた。

「すぐにギルマンが来ると思うので待っていてくれ」


「わかりました。お気遣い、ありがとうございます。私はもう大丈夫ですので、どうか一刻も早く奥方さまの元へお帰りください」

ジゼルがそう答えるとサブーロフは小さく微笑み、「わかった」と軽く会釈をして部屋を出ていった。

ミコラの喜ぶ顔が思い浮かぶ。

ジゼルはソファーに座り、用意されたお茶を飲んだ。

原作では確か、別れは自宅で告げていたように思う。

しかも三カ月の任務の後すぐに告げられたのだからこれも筋書きが違う。

だけどやはり別れは免れない。きっとこの部屋がそのシーンの場所となるのだろう。

多少原作と違うのはこれまでも多々あったのだ。

今さら大した問題ではない。

ややあって、廊下の方から慌ただしい足音が聞こえてきた。

何か慌てたような早足で、力強い足取りの足音だ。

『来た。クロードや』

ジゼルは立ち上がって扉の方へと向き直った。

真っ直ぐに扉を見据えて覚悟を決める。

そしてノックと同時に勢いよく扉が開かれた。

そこには……予想通りクロードが立っていた。

よほど慌てて来たのか肩で息をし、少しだけ前髪が乱れていた。

「……クロード……」

ジゼルは五カ月ぶりに間近で見る夫の顔を見つめた。

少し痩せただろうか。心なしか目の下に隈《くま》ができている。

「ジゼル……」

クロードは切なげな表情をこちらに向けてきた。

そんな、そんな辛そうな顔で見ないでほしい。

そんな、今にも泣き出しそうな……。

妻を持つ身でありながら、アイリスを愛してしまったことへの自責の念からの表情なのだろう。

考えてみれば、クロードの完全な片想いでアイリスとはプラトニックな関係とはいえ、これは酷い裏切りである。

しかもこうなることがわかっていたジゼルが一度は離婚をと望んだというのに、それを認めずにジゼルを思い留まらせたのはクロードの方なのだ。

ジゼルは段々と腹が立ってきた。

『そうやわ！　ウチのことを愛してるって何回も言っておいて、いざヒロインに会ったらこの変わりよう！　いくら原作の強制力やゆーたかてこれはないんちゃうっ？　節操なしか？　チョロすぎるやろっ！　今日から名前を変えろ！　あんたの名前はチョロードや！』

「ジゼル……」

ジゼルの怒りとは裏腹に、クロードはなおも切なげな表情を浮かべながら一歩一歩ジゼルに歩み寄ってくる。

ジゼルはその様子を黙って見据えながら手をぎゅっと握りしめた。

終わりが、終焉が一歩一歩近づいてくる。

ジゼルは唇を引き結んだ。

さぁ、どこからでもかかってこい。ジゼルはそう思った。

もうこちらは全てお見通しだ。

それならばいっそこちらから言ってやろうか。

〝わかっていますよ旦那さま。

どうせ「愛する人ができた」と言うんでしょ？〟

ジゼルの方からそう告げて、目を丸くして驚くクロードの顔を見れば、少しは気が晴れるだろうか。

ジゼルはキッとクロードを見据えてその言葉を言うために大きく息を吸い込む。

しかしその瞬間クロードに引き寄せられ、その強く逞しい腕で掻き抱かれた。

「………え?」

一瞬でクロードの腕の中に閉じ込められ、ジゼルの方が目を丸くする羽目になったのだ。

「え?　……え?　え?　え?」

別れを告げられるばかりだと思っていたジゼルはこの展開に理解が追いつかない。

頭の中には疑問符が浮かぶばかりである。

クロードはジゼルの存在を確かめるようにこめかみや首に口づけを落とし、そして耳元でこうつぶやいた。

「ジゼル、会いたかった……もう二度と、キミに会えないのではないかと思ったんだっ……」

「………え?」

おいチョロード、今なんて言うた?

第三章　いい加減にしてくれ！

いい加減にしてくれ。

クロードはそう思っていた。

騎士団で見かける度に気になり、いつしか庇護欲とともに淡い恋心を抱いていたジゼル。

念願叶いその彼女と結婚できたのも束の間、クロードは政変により新婚早々任務のために引き離されることになってしまった。

ジゼルの元へ帰りたいがために必死になって務めを果たし事態は収束。

しかしその後、国王がとんでもないことを言い出したがためにその後も任務に追われることとなってしまった。

その任務は国王が突然、血を分けた子供が市井で暮らしているかもしれないということを暴露したのが発端となって命が下ったものであった。

かつて王城にメイドとして勤めていた女性に寵《ちょう》をかけたこと、そしてその女性が密かに子を産んでいたことを、病により急逝した王妃の喪が明けたと同時に王太子をはじめとする王子王女へと打ち明けたのであった。

悋気《りんき》激しい王妃に酷い目に遭わされてはならないと宿下がりをさせ保護していたのだが、そのメイドは王妃に知られてお腹の子どもも消されるのではないかと恐れ、ひとり逃げ出したというのだ。

その後、無事に生まれたのかどうかは定かではないが、もし生まれ育っていたのならすでに一七歳になっているらしい。

国王は、今までは王妃に遠慮して放置するより他なかったが、もし子供が生きているのなら今からでも捜し出してきちんと王の子としての地位を与えてやりたいのだと言った。

それを受け、市井にいるという異母弟か異母妹かを探す羽目になった王太子と第二王子。

しかしはっきりとした子供の生存と、確かに王家の血を引く者なのかの確証を得るまでは事を公にするわけにはいかない。

そのため長年にわたり王子二人の警護に当たってきたサブーロフ卿が絶大な信頼を寄せる、クロード・ギルマンをそのご落胤探索の任に当たらせるように指示した。

サブーロフは、「緊急事態により仕方なく新婚家庭に犠牲を強いることになりましたが、できればこの任には他の者を当たらせてギルマンは新妻の元へと帰してやりたく存じます」

と進言したが、第二王子ジェラルミンは「あの短期間で第三王子サイドを失脚させた実力とその王家への忠誠心には目を見張るものがある。加えてそなたが信を置く者ならばなおさらだ。人員を増やして情報が外部に漏れれば王家の威信に関わる。故にこの件はクロード・ギルマンひとりに一任する」

と有無を言わさず命じたのだった。

そのためクロードはたった一人で数ヵ月にわたりその任に就くことになってしまった。

なんの手掛かりもなく国内中を捜し回る。

『くそっ。そのメイドの髪色は栗色で瞳はグリーンだったのでその色を受け継いでいるか、もしくは王家の特色を持つ子どもかもしれない。しかも男性か女性かわからない……なんて情報だけで捜せるかっ！』

クロードは暴れだしたくなった。

いっそ職務を放棄して捜すフリだけしてやろうか。

そんなやさぐれた考えが頭を過ぎるも、それではいつまで経ってもジゼルの元へは戻れないとすぐに打ち消した。

それに恐らく監視が一人、付けられている。

王家の影と呼ばれる暗部の者がクロードの行動を見張っているはずだ。

『ならばそいつにも捜させろよ！』

と憤りを抱きつつ、クロードはまたジゼルの元に一日でも早く帰りたいがために必死になって生まれているかもしれないご落胤を捜した。

その当時の出生記録を調べ、該当する人物を虱潰《しらみ》しに当たってゆく。

そして五カ月目にして運良く一人の少女を捜し当てた。

クロードはその少女をひと目見て確信した。

古代王家特有の、西方大陸広しといえどアブラス王家にしか存在しないタンザナイトの髪色と、国王譲りのアメジストの瞳を持つ少女。

出生年月日に加え産後すぐに亡くなったという母親はかつて王城のメイドであったという記録から、クロードはその救護院にいる娘が国王のご落胤であると確信する。

そしてそれを上に報告すると、血縁を立証するためにすぐに王太子自ら現地に赴いた。

王太子もその娘を……名はアイリスというのだが、そのアイリスをひと目見てこの娘が王家の血を引く者だと確信したようだ。

そして案の定、魔法による血縁鑑定でも血の繋がりが認められ、王太子はアイリスを王女として父王の元へと連れ帰った。

父王も王太子も第二王子も皆アイリスを、彼女の古代王家を彷彿《ほうふつ》とさせるタンザナイトの髪色とその類まれなる美しさを愛した。

しかし母である王妃が亡くなった途端に隠し子の存在を明らかにし、その娘が美姫であったがために無条件で溺愛する父王や弟たちに第一王女ビオラは激怒する。

そしてその怒りの矛先は当然アイリスへと向けられ、あからさまな嫌がらせをビオラから執拗に仕掛けられた。

そのせいでクロードはその後、アイリスの存在を公的に発表して彼女が正式な王女として王女宮に迎え入れられるまでのおよそ一カ月間、専属の護衛騎士としてさらに縛られることになってしまった。

そうしてそれら全てが終わり、ようやく極秘任務から解放されたクロードが七カ月ぶりにジゼルの元へと戻ることができたのであった。

……下男夫婦に虐げられたジゼルはすでに家を出ていった後であったが。

その後紆余《うよ》曲折を経てようやく夫婦らしく暮らせていたというのに……

憎しみを募らせたビオラがとうとうアイリスの暗殺を企てたことから、クロードは専属の護衛騎士の一人としてまた付きっきりでアイリスの警護にあたる日々となってしまった。

『またジゼルの元に帰れない日々かよっ……今度こそ本当に愛想を尽かされたらどうしてくれるんだ！　もういい加減にしてくれ！』

クロードはそう叫び出したい気持ちであった。

しかし悲しきかな宮廷騎士よ。

国に、王家に剣を掲げ忠誠を誓ったからにはそれを貫かねばならぬ。

任の途中で誓いを放棄すればその咎《とが》は、家族はおろか三親等内の親族全員に及ぶという。

従ってクロードはこの第一王女事変が終わり、王城内に平穏が訪れたあかつきには爵位を返上して騎士団を辞めることを決意した。

剣とそれを振るう腕前さえあればなんとかなる。

地方の私設騎士団で雇ってもらってもいいし、どこかの街の自警団に勤めるという手もある。

爵位もち騎士の破格の給金とは雲泥の差だが、それでも充分にジゼルと子どもの二～三人なら養える。

クロードはその将来の展望図を心の支えにジゼルに会えない日々を耐えた。

前回はジゼルに忘れられないためにせっせと贈っていたプレゼントは手紙と共に使用人に横取りされてしまったが今回はその心配はないだろう。

しかしジゼルに贈り物をしたくても、特別な術を施され匿われているアイリス王女の潜伏先から出ることは固く禁じられている。

そこでクロードは潜伏先に届く食料品など生活物資の中に玩具店のカタログも届くよう手配した。

そしてジゼルに似た可愛らしい羊のぬいぐるみを一つ一つ選び、およその数をまとめて注文する。

そのぬいぐみを一週間にひとつずつ、手書きのカードを添えてジゼルに届けるようにしたのだ。

潜伏先の出入りは気配を消し目立たず行動ができる暗部所属の隠密のみとなっている。

クロードはその隠密に確実にジゼルに届けるよう指示した。

ひと言釘を刺すのも忘れずに。

「アパートの部屋には結界魔法をかけてある。一歩でも足を踏み入れたり、結界内の妻に触れればどうなるかわかるよな？」

「……わかっていますよ。あんたを敵に回すなんて、そんな面倒くさいことはしねぇですよ……」

「ならいい。……お前はいいな、ジゼルに会えるのか」

「王子にも王女にも気に入られちまうからですよ」

「好きで気に入られたんじゃない」

「ふ……」

わざと相手に印象づけないよう不思議な訓練を受けた隠密とそのような会話をして、クロードはジゼルへ贈るぬいぐるみを託した。

ジゼルへの想いをこめたぬいぐるみを。

彼女はこのぬいぐるみを喜んでくれるだろうか。

なんでぬいぐるみ？　と言いながらもきっと可愛いと抱きしめてくれる、クロードはそう思った。

今夜も妻は羊を数えて眠るのだろうか。

最初は心の中でつぶやいているのだろう羊を数える声が寝入る寸前にいつも寝言のように漏れ出すのだ。

（クロードが知る限り最長で二〇匹の羊）

ジゼルの羊を数える声を聞くのがクロードにとって何よりの癒しとなっていた。

ジゼルは、愛する妻は夜、眠れているだろうか。

『俺はキミが隣にいないと、眠れなくなってしまったよ』

いつでも、どこでも眠れるはずだったのに。

側にジゼルがいないだけで寂しくて仕方ない。

早く、ジゼルに会いたい。

クロードはいつもそう思いながら、寝付くまで寂しさを持て余すのであった。

そしてもう一つ、ジゼルに会えない日々が続き苛立ちを募らせるクロードを悩ませる要因があった。

「ギルマン、アイリス殿下はどんなお花がお好きなのだろうか」

「ギルマン卿、王女殿下は俺のこと何か言ってなかったか？」

「アイリスはこれまで散々苦労してきたのだ！　どこにも嫁がせず、ずっと私の庇護下で穏やかに暮らさせる！」

「兄上も他の者も皆、アイリスに対し何か勘違いをしているのではないか？　あの子が一番信頼を寄せているのはこの僕だというのに……」

「……」

王太子やジェラルミン、側仕えの文官や騎士、医官に至るまで皆がこぞってアイリスアイリスと騒ぎ立てる。

しまいにはアイリスを巡って軽く軋轢《あつれき》も生じるなど、面倒くさいことこの上ないのだ。

そしてそれが原因で、クロードはとんでもない事態に巻き込まれるのであった。

妻に夢中のクロードの目から客観的に見ても、アイリス王女は美少女だとは思う。

（ジゼルが一番可愛いが）

タンザナイトの髪にアメジストの瞳、類まれなる美貌に苦労して暮らした日々が窺える控えめで謙虚な性格。

聞けば相当な苦労を強いられてきたらしく、女官長の話では全身に無数の虐待を受けた傷があるという。

そんな辛い日々の中で生きてきたにもかかわらず、アイリスの性格は心根の優しい清い泉のようであった。

しかし虐げられてきた影響で自分の意見を伝えることが苦手で相手の言われるがまま。

すぐに物事を諦め、ただ成り行きに身を任せる……そういった困った部分もあるのだが、クロードとしてはアイリスのおかげでなんとか泥の中に埋もれてしまった王家への忠誠心を見出すことができているのだ。

まぁだからといって専任護衛騎士に指名され、付きっきりで警護を任されるほど気に入られるのは有り難くないのだが。

そしてクロードがアイリスを良い娘だと評するように（ジゼルには及ばないが）、王城に勤める他の者たちもアイリスのことを好意的に感じていた。

そしてその好意がいつしかアイリスに対しての恋情に変わっていく者が続出した。

大概の者は側に近づくことを許されぬ王女へ羨望の眼差しを向けるだけなのだが、手を焼くのが王子たちの側近や近衛騎士や侍従を務める貴族令息連中である。

奴らはアイリスに懸想し、その恋情を隠そうともしない。

王女とはいえ平民の母を持ち、長く市井で暮らしていたアイリスの出自なら国王は家臣へと降嫁させるのではないか。

彼女を妻に望めるのではないかと一縷の希望を見い出し、虎視眈々《たんたん》と狙っているのである。

しかし彗星《すいせい》の如く現れた超絶美少女の異母妹を猫可愛がりする王子たちはそれが気に食わない。

アイリスはどこにも嫁がせない、などと勝手に明言しその無体に異を唱える高位貴族令息たちとの冷戦や舌戦が繰り広げられていた。

「……アイリス殿下へのあからさまな依怙《えこ》贔屓《ひいき》、それをビオラ殿下が面白くないと感じられるのも無理はない」

クロードの上官であり、今は共にアイリスの専属護衛騎士として任に就くサブーロフがそう言った。

クロードはその言葉に頷き返す。

「ええ。皆がこぞってアイリス殿下に懸想し、それを良しと思わない者たちとの間に軋轢が生じております」

クロードがそう言うと、サブーロフは大きく嘆息した。

「アイリス殿下に非はないが……全く困ったものだ」

そしてそんな中、とうとう事が起きてしまう。

第一王女ビオラの外祖父である筆頭侯爵がアイリスの侍女の一人を生家の借金帳消しを餌に抱き込み、その侍女に術式が仕込まれた魔道具を使ってアイリスを襲わせたのである。

その場にいた護衛騎士はクロードを含め三人。

皆、示し合わせずとも自らの役目を瞬時に判断して行動に移した。

侍女の側にいた騎士はその身柄を確保し、クロードは外部から更なる討手《うって》の侵入を防ぐべく部屋の入り口を封鎖してアイリスに結界を張った。

そしてもう一人の騎士が魔道具が発動する前に回収を……しようとしたが、アイリスに懸想する側近と侍従が我こそがアイリスを守らんと熱《いき》り立ち、その騎士の動きを妨害した。

「っ……貴様らっ!!　何やってんだっ!!!」

それを視認した瞬間、クロードは怒号を散らしながら足を踏み出す。

しかし術の発動を防がねばと動くも時すでに遅しであった。

「くっ……!」

その魔道具に仕掛けられた魔術が何かわからぬ以上迂闊な真似はできない、できないが動かねばこの場の全員が犠牲となる可能性があるのだ。

クロードは全魔力を解放して術の相殺を試みた。

『ジゼル……!』

その瞬間、脳裏に浮かんだのは愛しい妻の面影。

クロードは二度とジゼルに会えないのではないかという恐怖に駆られながらも己の務めを果たすべく魔力を解放し続けた。

魔術騎士とはいえど魔術の無効化という高度な術の経験がないクロードは、自分の持てる全魔力で対応する他術はない。

そして、結果として術式の発動は間一髪で食い止め、その場にいる全員を救うことができたが……

クロードは全魔力と言ってよいほどの魔力を一度に放出したために急性魔力欠乏症に陥り、意識不明の重体となってしまったのであった。

⚜

アイリスへと仕向けられた刺客からその場の全員を救うために急性魔力欠乏症となってしまったクロード。

似た性質の魔力を輸力《ゆりょく》すればすぐに回復するのだが、運悪くクロードの魔力はかなり特殊らしい。

彼の父方は魔力がない家系なので恐らくは母方の魔力なのだろうが、クロードの母の出自はなぜか不明らしく一切の記録がないというのだ。

すでに亡くなっているクロードの母について記載されている書類が存在しているのは結婚後。

それまでの記録は見つかっていないらしい。

まるで突然この世界に現れたような。

まぁ身寄りのない子供が孤児院を飛び出してストリートチルドレンになった場合にそのケースがよく見られるので、おそらくクロードの母はそういった人物だったのだろう。

従ってクロードに魔力を提供してくれる人物が見つかる可能性は低い。

しかし魔力が完全にゼロの状態ではないので、このままクロード自身の自然治癒力により再び魔力が戻るのを待つしかないというのが宮廷医師の診立《みた》てであった。

だがそれがいつなのか。

体内で魔力が作られ蓄積していく時間は個人差があり、いつになったら回復するとは診断できないと医師は言うのだ。

クロードの上官であるサブーロフ卿がせめてクロードの唯一の家族である妻にはこのことを知らせるべきだと王太子たちに進言するも、第二王子ジェラルミンがそれを敢えなく却下した。

「ギルマンの忠義に報いたい気持ちはあるが、今回のアイリス襲撃を逆手にビオラ側を一気に潰したい。わかるか？　ここが正念場だ。そのためこちらの情報が外部に漏れるようなことは一切あってはならんのだ。すまないがたとえ女性一人といえど、今この王城に入れるわけにはいかぬ。そしてもちろん、口頭だろうが手紙だろうがギルマンの妻にこの件を伝えることも禁ずる。人は簡単に裏切るからな、侍女がいい例だろう?」

「そんなっ……そこをなんとかっ……」

「しつこいぞ、サブーロフ」

「……っ」

哀しきかな宮仕え。王家の意向には逆らえない。

『クソっ……!』サブーロフはギリッと嫌な音を立てるほど奥歯を噛み締めた。

未だ魔力は回復せず依然として眠り続けるクロードにサブーロフは語りかける。

「何もしてやれずすまん。せめて一日も早く目を覚ましてくれ……恋女房が待ってるのだろう……」

その時、隠密特有のやけに印象の薄い者がサブーロフに声をかけてきた。

「突然すいやせん。ギルマン卿に確認したいですがね、本人がこんな感じだから上官の貴方に確認させてもらいてぇんですよ。彼の奥方への定期便、今週はどうしやす?」

「定期便?」

「はい。週に一度、ギルマン卿手書きのカードを添えて、奥方にぬいぐるみを届けているんですよ」

「あいつ、そんなマメなことをしていたのか……」

「定期便を通して奥方と繋がっていたかったんでしょーねぇ」

「ロマンチストだな……」

「んで?　どうしやす?　カードを添えられないんだからぬいぐるみを届けるのは取りやめにしやす?」

暗部の男にそう尋ねられ、サブーロフはしばし考えた。

新婚早々、七カ月も放置してしまった妻とようやく新婚生活をやり直せているのだと嬉しそうに言っていたクロードの笑顔が蘇る。

サブーロフは眠るクロードの顔を見ながらつぶやくように言った。

「……ぬいぐるみだけでも、今まで通り届けてやってくれ」

それさえ途切れてしまったら、クロードが目を覚ましても夫婦としての絆が絶たれてしまっているかもしれない。

また放置していると見做《みな》し、妻は夫を見限ってしまっているやもしれない。

そうなってしまえばあまりにもクロードが気の毒すぎる、サブーロフはそう思った。

「ついでに内密に頼みたいことがある」

サブーロフは隠密に内密……秘密裏に自身の妻へと手紙を託した。

今しばらく帰れないこと、そしてできればクロード・ギルマン夫人の様子を見にいってほしいこと、を手紙に認めた。

『もう誰でもいい。どうか一日でも早くギルマンを目覚めさせてやってくれ』

そんなサブーロフの願いが届いたのかどうかは定かではないが、
眠り続けるクロードの深層心理に語りかける声があった。

『クロード、クロード。起きなさい』

『クロード、起きなさいってば』

――なんだ？　……すごく眠たいんだ……もう少し寝かせてくれ
『それは低魔力障害を起こしているからよ。でもここはあなたの心理の中、起きられるはずよ』

――一体誰だよ……心理の中？　何を言ってる……？

　頭がおかしい奴なのか……？

『誰が頭がおかしいですって⁉　この親不孝ものっ！』

――痛《て》っ!!　頭を殴るなよっ！　……っえっ？　母さん⁉

『やっとわかったのね。久しぶりねクロード』

――母さんっ……どうして？　一〇年前に死んだはずじゃ……

『ええ、死んだわよ。だから言ってるじゃない、ここは心理の中だって』

――心理の中なら死者と話ができるのか……？

『うーん、死者と話をしているのではなくて、今あなたは生前私があなたの中に残した魔力残滓と会話をしてる、という方がわかりやすいかしら?』

——魔力残滓? マーキングか? いつのまに?

『いやね、あなたたち助平と一緒にしないで。それにマーキングとは少し違うわね。なんというか私は母親よ。最も魔力を込めたものをあなたに与え続けることができたわ』

——母乳か

『正解。魔力残滓どころかあなたの身体を作ったそのものとして、私は今もなお息子の中で生き続けているようなものね。魔力だけだけど』

——母さん……

『あ、ずっと一緒にいてくれたのかと胸アツになった? 母の愛の偉大さを感じた?』

——はは。そういうところもホント変わらないな。

『ふふ。当たり前よ。私はあなたの母になった瞬間から、あなたのために人生を生きたのだから』

——それなら、もっと長生きしてほしかったよ。まだなんの恩返しもできていなかったのに……。

『恩返しはあなたが幸せな人生を全うしてくれる、それでいいわ』

——母さん……

『クロード。死ぬ直前に託した、あなたのお嫁さんに渡してほしいという手紙はもう渡してくれた?』

——ごめん、まだなんだ。忙しくてつい……っ痛《いて》ぇなっ、頭ばっかり殴るなよっ

『殴りたくもなるわよっ! さっさと渡してちょうだいよ!』

——でも母さん、なんで将来の嫁に手紙を？　俺が結婚するなんて、そんなのわからなかっただろう？

『わかっていたわ。あなたが結婚することは』

——え？

『若くて可愛い、健気なお嫁さんをもらう。それがわかっていたから、そのお嫁さんと離婚することなく死がふたりを分かつまで幸せに添い遂げてほしいと願ったの。そしてそのために私は、あなたの人格形成に心血をそそいだのよ？』

——そんな、なんのために？

『それがあなたの幸せだと思ったからよ。逆ハーの一人で終わる人生より、たった一人の伴侶と生きていく。そんな人生を送ってほしかったから……どう？　クロード、あなたは今、幸せ？』

——母さんが何を言いたいのかさっぱりわからないけど……ああ、とても幸せだよ。ジゼルという可愛い妻と幸せに暮らしてる。母さんにも会ってもらいたかった……

『ふふふ。ね？　今のあなたの幸せは、あなたの性格が原作とは違ったからよ』

——ん？　それはどういう意味？

『表情筋が仕事しない、無口で無骨で生真面目すぎる男……あなたの場合はそれでは幸せになれない。あなたの母になったとわかった時から、性格の改変は私の至上命題になったの』

——？　ごめん、ますますわからない。

『あなたはわからなくていいの。だから手紙をお嫁さんに渡してって言ったのよ。さぁ、さっさと起きて早く渡してちょうだい！』

――いやでもごめん母さん、俺は魔力をほとんど失ってしまったんだろ? 輸力か魔力回復を待つしかないじゃないか。

『それなら今、それを同時に行えばいいわ』

――それってどういう意味だ?

『あなたは今、誰《なに》と話していると言ったかしら?』

――それは俺の中に残っている母さんの魔力と……まさか。

『そう、そのまさかよ。あなたの中に眠っている私の魔力を全部使いなさい。そうすれば簡単に魔力は回復するわ』

――でもそれじゃあ今の母さんが消えてしまうんじゃ……

『魔力としての私はあなたに取り込まれて消えるけどゼロになるわけじゃないし、それにあなたの記憶の中の私は消えないわ。ずっと忘れずにいてくれるのでしょう?』

――当たり前だよっ……

『じゃあいいじゃない。さっさと目を覚まして可愛い奥さんに会いに行かなきゃ』

――母さん……

『……愛してるわクロード。あなたの母親になったと知った時は青天の霹靂《へきれき》だったけど、本当に幸せだったわ』

――母さんっ……

『ジゼルさんと仲良くね。そして可愛い孫の二、三人引き連れてお墓参りに来てちょうだい』

――わかった、必ず行くよ。

『可愛い子供を抱ける人生を歩めるのも私のおかげなんだからね？　墓前に花束くらい持ってきなさいよ？』

――わかってるよ。

『ふふ、ならいいわ。大好きよクロード。幸せに、幸せになってね』

――母さんっ……！

『お嫁さんへの手紙にも書いたけど、最初の子供には〝エミル〟という名を付けたら素敵じゃないかしら？』

――え？　エミル……？

『ふふ。ジゼルさんならそれでわかるわ。それじゃあねクロード』

――あ、待って、待ってくれ母さんっ
『…………ね、』

――母さんっ！　母さんっ！


「母さんっ!!」

消えてゆく母を追いかけて手を伸ばし叫んだクロードが、自ら発した声に驚き目を覚ました。

「ギルマンっ!?」

ちょうど側にいた上官のサブーロフが目を見開いてクロードの名を呼んだ。

「ゆ、夢っ……!?　い、いや、……いや？」

一〇年ぶりに会えた母親。

あれは夢だったのかそれとも心理の中で起きた現実だったのか……

まさに瞼の母との再会に、クロードの心に温かい光が灯る。

そして体の奥底から馴染みのある魔力が泉のように溢れ出してくるのがわかった。

「ありがとう、ありがとう母さん……」

こうしてクロードは魔力欠乏症の危機を脱し、意識を取り戻すことができたのであった。

まさに大きな母の愛である。

⚜

体内に残っていた母の魔力により、魔力欠乏症の重篤な症状から脱することができたクロード。

彼の意識が戻ったことは上官であるサブーロフからすぐに王家にも伝えられた。

しかしそれによる第二王子ジェラルミンの返答は、

「意識が戻ったこと、誠に重畳《ちょうじょう》。アイリスの護衛騎士としての務め大義である。これからもその身を惜しむことなく励むように」であった。

さすがにそれではとジェラルミンの側近の一人がクロードに褒美をと進言すると、サブーロフがその言葉を受けて王子に願い出た。

「それならばギルマンを自宅に戻してやってもよろしいでしょうか? 長く妻と連絡が取れず、不安を抱えているようですので」

「他の者とて同じ状況であろう。なぜギルマンだけ特別扱いなのだ」

「ギルマンはまだ妻を娶って日が浅いのです。それに先だっての件でギルマンだけが長く任に就いておりります。そのままではギルマンが妻に見捨てられてしまう恐れが」

そのサブーロフの答えが気に入らなかったのであろう、ジェラルミンは切り捨てるように言った。

「王国の騎士であれば当然の務めであろう。王家の大事に比べれば、一家庭の問題など小事《しょうじ》ではないか。夫の勤めを理解しない妻などこちらから離縁してやればいいのだ」

「殿下っ……」

サブーロフがなおも食い下がろうとするもジェラルミンは素気《すげ》ない態度を取り、それ以上全く聞き入れてはくれなかったのである。

しかし命の危機を顧みず務めを果たした部下に対し、なんの労いもしてやれぬのでは上官としてあまりに情けない。

サブーロフは今後の騎士団の士気にも関わると、あまり乗り気ではないが奥の手を使うことにした。

アイリスならば、あの気弱で優しい王女ならば、こちらの言い分を聞き遂げてくれるだろう。

異母妹に激甘な王子たちにアイリスからひと言頼んでもらえれば、サブーロフが進言するよりも容易に通るはずだ。

「アイリス殿下」

サブーロフは早速、アイリスに願い出た。

「まぁ、サブーロフ卿。いつも警護お疲れ様です。本当にありがとう」

その言葉にサブーロフは胸に手を当て軽く礼を執る。

「労いのお言葉、有り難く存じます」

「ギルマン卿とサブーロフ卿、それに騎士の皆さん、いつも私を守ってくれて本当に感謝してるんですよ」

花が綻ぶように微笑むアイリスを見ながら、サブーロフは「それでしたら……」と、自身の願いを申し出た。

それを聞き、アイリスは頬に手を当てて感嘆の声を上げる。

「まぁ……それではサブーロフ卿はギルマン卿と奥さんを会わせてあげたいと思っているのですね……！」

「はい。このままでは新婚夫婦の関係に亀裂が生じるのではないかと懸念しております。そうなる前に話し合う機会を設けねばなりません」

「そうですよね……それではギルマン卿がかわいそうすぎます」

「私もそう思います。ですのでアイリス殿下からジェラルミン殿下へギルマンの一時帰宅をお願いしてはいただけないでしょうか？」

「わ、私なんかの意見が通るかしら……」

自信なさげにそう答えるアイリスに、サブーロフがやや食い付き気味に言った。

「通ります！　アイリス殿下に殊の外甘い兄上たちならきっと……！」

「わかりました……頑張ってみますね」

そうしてアイリス王女はさっそく、兄王子たちに願い出たのであった。

「お兄さまたち、お願いします！　どうかギルマン卿をお家《うち》に帰してあげてください！　できればサブーロフ卿や他の騎士たちも。もう危険は去ったのでしょう？　彼らの苦労に少しでも報いてあげたいと思うのです」

「しかし、だなアイリス……そなたの優しい心は誠に尊いものだが、下々の者にいちいち配慮していたらキリがないぞ?」

「そうだよアイリス。それにもしかしたらまだ反抗勢力の生き残りがいるかもしれない。お前の身の安全、これより優先させるものなどない」

王太子である長兄と次兄二人にそう言われ、やっぱりワガママを言っては……と引き下がりそうになったアイリスだが、なぜかその時は腹の底から勇気が湧いてきて言いたいことがすらすらと言えたのであった。

「でも私、今回は家に帰らず家族に会わず側で守ってくれた彼らに何かお礼がしたいのですっ」

「充分な報奨は出すつもりだ」

「でも彼らが一番喜んでくれる形でご褒美をあげる方が喜ぶと思いませんか?」

「それが家に帰って家族に会うことか?」

次兄ジェラルミンに訊かれ、アイリスはこくんと頷いた。

「そうです!　だって家族ってやっぱり素晴らしいと思いませんか?　私、お兄さまたちやお父さまにお会いできて本当に幸せなんですものっ……!」

「アイリスっ……そなたっ……!」

「なんといじらしく可愛い妹なんだ!　そうだ!　家族が何よりの宝だな!」

その家族の中に第一王女と第三王子を除外しているくせに家族愛を唱えるのはおかしいとは、この三人は思ってはいないようだ。

そうして可愛いアイリス《妹》に〝おねだり〟をしてもらえた王太子とジェラルミンは「優しいアイリスがそう言うのであれば……」と簡単に帰宅の許可を出したのであった。

クロードだけではなくサブーロフや同じくアイリスの警護に就いていた数名の騎士たちにも。

(妹に良いところを見せたい下心が見え見えであるが)

まぁもうこの際なんでもよい。

そしてサブーロフはその旨をクロードに告げた。

「やっと帰してもらえる……」

安堵の表情を浮かべるクロードにサブーロフは言った。

「一刻も早く新妻に状況を説明した上で詫びたい気持ちもわかるがな、とりあえずは城を辞する前に両殿下に回復の挨拶に行っておけ」

「そうですね、アイリス殿下にお礼を申し上げてきますよ」

「すまんが俺は先に下城させてもらう」

「卿も奥さんに平謝りですか?」

「ウチはもう諦められているが……そうだな……とりあえず城下で評判の菓子でも買って帰るよ……ここのところ筋トレができなかったから……怒られるだろうなぁ……はぁ……」

かくしてクロードはサブーロフのため息を背に受けて、中庭の東屋でお茶を飲んでいるジェラルミンとアイリスの元へと赴いた。

そしてサブーロフは菓子店に寄るために城下に立ち寄ったところで偶然にもジゼルを見つけた。

懸念していたよりも遥かに冷めた目をしたジゼルに慌てたサブーロフは、思わず強引に城へと連れてきてしまったのであった。

ジェラルミンとアイリスへの謁見が終わったクロードにジゼルが王城へ来たことを知らせると、彼は急いで妻の待つ部屋へと駆け込む。

「他に愛する人ができた」と別れを告げられるものと身構えるジゼルを、感極まったクロードが抱きしめたのにはこのような経緯があったというわけなのであった。

第一三章 変わらぬ想い

「ジゼル……」

クロードの上官であるサブーロフ卿に連れてこられた王城で、五カ月ぶりに夫と再会したジゼル。

てっきり別れを告げられるのだと思いきや、突然腕の中に閉じ込められたのだ。

そして少しの隙間も許さないといわんばかりにぎゅうっと力強く抱きしめられる。

だけど瞼や頬、こめかみや首すじに受けるキスは優しくて。

まるでまだクロードの一番は自分であるかのように錯覚してしまいそうになる。

ジゼルは身動《みじろ》いでクロードの硬い胸を押した。

「ちょっ……クロードっ……お城でこんなことっ……王女さまに見られたらどないするんっ?」

「どうするって、どうもしない。それになぜアイリス殿下が?」

「だって……」

〝彼女のことを好きになったんやろ?〟

なぜかその言葉が口から出てこない。

とうに諦めたつもりだったが、心がまだそれを認めたくないのだ。

そんなことを思い俯くジゼルの額にクロードがまた口づけを落とした。

「もう! ちょっと!」

「無理だ、やめられない。ようやくジゼルに会えたというのに、触れることもできずにただ行儀よく話をするだけなんて無理だ」

「なにサラっと恥ずかしいことゆぅてんの！」

「ジゼル、会いたかった」

そう言ってクロードはまたジゼルを抱き寄せた。

「ちょ、まっ、クロードっ……」

しかし抗議するジゼルの声はクロードからの口づけで封じられてしまう。

ここが王城であるにもかかわらず、クロードは深く、熱のこもった口づけでジゼルを翻弄する。

寂しさと悲しさとそこから生じた怒りでぐちゃぐちゃになり、そしてちょっと疲れてしまってい
たジゼルの心は情けなくも簡単に解《ほぐ》され溶かされてしまった。

足に力が入らずぐったりとしたジゼルを膝に抱えたままクロードはソファーに座る。

「……なんでこんな広くて立派なソファーで膝の上？」

「ジゼルの定位置は俺の膝《こ》の上《こ》が定番だろ」

「そんな定番初耳やわっ……や、またチューする！」

ソファーに移動してもキス攻めをしてくるクロードの頬を押して顔を遠ざける。

クロードは不満そうにしながらも、この五カ月間で起きたことを話せる部分だけかいつまんで話
してくれた。

話を聞き終わったジゼルは慌てて夫の顔を覗き込み、異常がないかを確かめた。

「もう大丈夫なのっ？　低魔力障害なんて命を落としかねない危険な症状じゃないのっ？　……ど
うりで少し痩せて目の下に隈があると思ったのよっ、食事はちゃんと食べられてるのっ？」

ジゼルの方が魔力障害を起こしたかのような顔色をしてそう尋ねると、クロードは小さく笑って答えた。

「俺はもう大丈夫だよ。こうしてジゼルが側にいてくれるなら何も不安に感じることはない。それよりもこの五カ月間、キミに会えない方がどれだけ辛かったか……家に帰れなくてごめん、連絡も取れなくてごめん、こんな夫で……ホントごめん」

辛そうに謝るクロードを見て、ジゼルは思った。

任務で家庭を顧みない状態になっているのを、クロードは心苦しく感じているらしい。

結婚当初に加えて今回で二度目だから当たり前といえば当たり前だが……。

そんなクロードを見て、ジゼルは責めるよりも伝えたい言葉を口にした。

「羊のぬいぐるみ……ありがとう。嬉しかった」

週一で届けられたあの羊のぬいぐるみが唯一、クロードとの繋がりであった。

あれがなければもっと不安で辛い日々を過ごしていたと思う。

「夜眠るときに寂しくなければいいと思ったんだ……羊を数えるキミに、俺の代わりにぬいぐるみたちが寄り添ってくれればいいと」

最初はぬいぐるみには必ず手書きのカードが添えられていた。

途中からなくなったのはクロードがずっと昏睡《こんすい》状態にあったからだということか。

「……途中からカードが添えられなくなったのは意識を失っていたから？」

ジゼルがそう尋ねるとクロードは頷いた。

「サブーロフ卿は奥さまにうちの様子を見にいってくれと頼んでくださったそうやの。おかげで今

はミコラさまとはいいお友達や」

「それは良かった……また改めて礼をしなきゃな」

クロードはそう言って安堵のため息を深くついた。

ジゼルも小さなため息をつく。

カードが添えられなくなったのはクロードの心変わりのせいではなかった。

原作通りにアイリスに惹かれたクロードから、ジゼルに伝えたい言葉が失われたのだとそう思っていたのに。

でもそうではなかったと知って、体と心のこわばりが解けてゆく。

……それなら。

ジゼルはクロードの両頬に手を当て、真っ直ぐにその瞳を見た。

「クロード、怒らんから正直に答えて。アイリス王女殿下に惹かれた？　警護で側にいるうちに好きになってしもうた？　そのためにウチと別れたいと思ってる？」

ジゼルの言葉をぽかんとして聞いていたクロードだが、やがてその言葉の意味を理解して慌てて首を振った。

「は？　そんなわけないだろっ？　俺がキミ以外の女性に？　しかもアイリス殿下に？　ありえないっ」

「ありえない……」

「そう、ありえない。はっきり言って俺はジゼル以外はどうでもいいとさえ思っている」

「どうでもいいとまで……」

一心にジゼルを見つめるクロードの目には迷いも後ろめたさも何も感じられなかった。

嘘をついていないと。アイリスではなく今でもジゼルを愛してくれているのだとわかる、信じられる、そんな眼差しをしていた。

「でも……」

でもどうしても、ジゼルの中で引っかかりが残っている。

あの中庭の東屋でアイリス王女に向けていたあの優しげな眼差し。

あれはただの臣下としての敬愛だけのものではなかったと思う。

ここでわだかまりを残したくなかった。

ジゼルが正直にそれを尋ねると、クロードは少し気まずそうに、いや照れくさそうに答えてくれた。

「あの時は……東屋では終始、キミのことを両殿下に尋ねられていたんだ。とくにアイリス殿下がジゼルのことを聞きたがって……」

「それって……」

「俺の表情が柔らかなものだったのなら、それはジゼルのことを思い浮かべながら話していたからだと思う」

「っ……！」

思っていた以上に嬉しい、そして恥ずかしい答えが返ってきて、ジゼルは思わず赤面して俯いてしまった。

すごい、なぜここまで原作と展開が変わった？

クロードはアイリスに惹かれなかった。

変わらず妻を、ジゼルを愛してくれていた。

ジゼルがもしやと望んだ結末だが、あまりにもストーリーが変わったことへの驚きが大きい。

『やはりクロード自身の性格が原作と全然違うから……？』

「それにしても……夢の中にお義母さんが現れて魔力を分けてくれたなんてほんま驚きやわ……魔法の世界ってすごいな……」

「俺も驚いたよ。生前、一緒に暮らしていたのは子供の頃だったからわからなかったけど、母さんはかなりの高魔力保持者だったようなんだ。あ、そうだ。母さんの遺品の中に将来の俺のお嫁さんに宛てた手紙があるんだけどそれをすっかり忘れてしまっていて……早くジゼルに渡せと怒られたよ」

「え？　手紙？　亡くなる前に書いていたということ？　未来の嫁に宛てて？」

「すごいよな、俺が結婚しなかったらどうするつもりだったんだろ？」

「クロードがちゃんと結婚するって、わかってはったんやろね……それで？　その手紙はどこ？　うちも早よ読みたい」

ジゼルはクロードに片手を差し出して寄越せアピールをした。

今ここにないことはわかっているのだが。

クロードはバツが悪そうにジゼルに答える。

「それが……どこに収納したか忘れてしまったんだ。多分、父の遺品の中にあると思うんだけど……」

「も～、またお義母さんが夢に出てきて怒られるで？」

「はは、ホントだな。でも夢で会えるならそれもいいかもしれない」

「あ、ほんまやね」

ジゼルとクロードはそう言い合って互いに笑った。

「じゃあもう家に帰れるん？」

「ああ。帰れるよ」

「じゃあ……帰りましょう、一緒に。二人で我が家に」

ジゼルがそう言うとクロードは嬉しそうに小さく笑った。

「そうだな、帰ろう。俺たちの家に」

どちらからともなく手を繋ぐ。

二人視線を絡め、微笑み合ったその時、

「失礼します。ギルマン卿、第二王子殿下がお召にございます。夫人を連れて直ちにサンルームへ来るようにと」

入室してきたジェラルミンの侍従がそう告げた。「は？」「え」

ようやく帰れると思ったのも束の間、
ジェラルミンからギルマン夫妻への呼び出しがかかったのであった。


「だ、第二王子殿下のお召って……も、もちろんクロードだけやんな？」

「いや、殿下は〝夫人を連れて〟と仰せになったのだからジゼル、キミも一緒にだな」

「な、な、な、なんでウチもっ⁉」

ジゼルは驚愕した。

突然王族への謁見なんて言われて、前世共々小市民だったジゼルにとっては、大驚失色、心慌意乱の境地である。

「むしろ殿下はジゼルに会うのが目的だろうな……」

「どうしてっ⁉」

「クロード・ギルマン最愛の妻とやらを、この目で見てみたくなった、そんなところだろう」

「そんな大層なもんやおまへんっ!」

もはや悲鳴に近い声を発しなんとか辞退できぬものかと懇願するも、王族……とくにジェラルミンからの下知に背くと後々面倒なことになると、ジゼルは泣く泣くドナドナされたのであった。

「大丈夫だジゼル。俺が側にいる」

「ウチは必要以上には喋らんで! 絶っ対にボロが出る!」

「あぁ。それでいいよ。殿下の対応は俺がするから」

「っ~~~クロードぉぉ……」

ジゼルは不安で堪らなくなり、涙目になりながらクロードの手をぎゅっと握った。

「……こんなレアで可愛いジゼルが見られたのなら、殿下の気まぐれにも少しだけ感謝だな」

「あ? しばくで」

「ははは、それでいい。いつも通りのジゼルでいいんだ」

それでいいわけあるかい。

と、心の中でツッコミを入れるも下町の女豹の上から猫を被らなくてはと考える。

白猫黒猫茶トラにキジ白ハチワレミケ猫サビ猫……ジゼルは呪文のように知ってる限りの猫の種類を思い浮かべる。

最高に緊張しながらクロードに伴われて城の中を歩いていると、ジェラルミンとアイリスが待つというサンルームに到着した。いや、してしまった。

扉の前で警護に立つ騎士に向けてクロードが訪いを告げるとその騎士は扉を開けた。

ギルマン夫妻が来ることを事前に聞かされていたのだろう。

クロードにエスコートされて、ジゼルは大小様々な珍しい植物が配されたサンルームの中を進んでいく。

やがてサンルームの最奥《さいおう》、大きな一枚ガラスの窓に面した広々とした空間でソファーに座る第二王子ジェラルミンとアイリスの御前へと辿りついた。

クロードが先立って王子、王女両殿下に軽く騎士礼を執る。

「お呼びと聞き参上いたしました。我が妻、ジゼルにございます」

クロードはそう言うとちらりとジゼルの方を見た。挨拶をしろということなのだろう。

『えぇいもうなるようになれ！』

ジゼルは腹を括《くく》った。そしてできるだけ品よく見えるようにゆっくりとお辞儀をした。

「お初にお目にかかります。ジゼルと申します」

その挨拶を受け、ジェラルミンは興味深そうな顔をジゼルに向ける。

「ほう、その者が！　なるほど、ギルマンが帰りたいと訴えるわけだ。このような美しい妻を家に残しているのであれば、夫として気が気ではないな」

「ご理解いただき感謝申し上げます。ではこれで御前を下がらせていただいても？」

たとえ相手が王族であろうと、不躾にジゼルを見られることを由《よし》としないクロードが軽く一歩前に出てさり気なくジゼルを隠した。

その様子を見てジェラルミンはさもおかしなものを見たという態で笑う。

「お前のそんな姿を見られるとはな。女性には淡白だと思っておったがなかなかどうして、大した独占欲の塊ではないか」

「そうですか？　普通ですよ」

「我々王族は一夫多妻制だからな、その普通とやらがわからんのだ。まぁそれはどうでもいい、そんな慌てて帰らずともよいではないか。アイリスがギルマンの妻に会えると喜んでな。そなたが散々惚気《のろけ》を聞かせるからまるでロマンス小説のようだとウットリとしていた。まったく可愛らしい妹だ」

「ゲッ、出たよ兄なのに逆ハーメンバーらしい発言が」

「ん？　何か申したか？」

「いいえ？　何も」

ジェラルミンの発言に思わず小声が漏れてしまうがジゼルはシレッと誤魔化した。

相手は王族とビビってしまったが、肝を据えて一度会ってしまえばなんてことはない。

こうなったからには開き直って生アイリスを堪能してやろうと、ジゼルはアイリスの方へとさり気なく視線を向けた。

アイリスは花の顔《かんばせ》を綻ばせてジゼルとクロードを見つめていた。

そして「美男美女でお似合いのお二人ですね……！」などとウットリと感嘆の声を上げている。

『え、今、美男美女ゆぅた？　美女？　ウチが？　え、アイリスめっちゃ良《え》ぇ子なん！』

同じように褒められてもジェラルミンに言われるのとアイリスに言われるのでは全然印象が違う。

そうだ。アイリスは物語の主人公なのだ。

優しく慈愛に満ちた心根の澄んだ美しい姫……。そんな彼女が王女の権威を振りかざして無体を働くわけはない。

本人の気持ちはともかく本来なら自身のハーレム要員の一人であるクロードの妻であるジゼルのことをスタイルのいい素晴らしい美女だと言うなんて（そこまでは言ってない）めちゃくちゃ良い子ではないか！

ジゼルは感激してアイリスに礼を告げた。

「ありがとうございます王女殿下。お褒めに与かり光栄です」

クロードのことをチョロードなどと揶揄《やゆ》したジゼルがチョロジゼルへと変貌を遂げた瞬間であった。

「ごめんなさいねジゼルさん。わたしのせいで長くギルマン卿を任務に縛り付けてしまって……」

アイリスはしょんぼりとしてジゼルに謝罪した。

確かに寂しく不安で押し潰されそうではあったけど過ぎたことはもういいのだと、ジゼルはアイリスにそう返事をしようとした。が、ジェラルミンの言葉に邪魔をされてそれを告げることが叶わなかった。

「優しいなアイリス。そなたが気に病むことはないぞ。王族を守るのが王国騎士の務め。クロードはその当然の務めを果たしただけだ。そしてそれを支えるのが騎士の妻としての役目。従って何も気にする必要はない」

『なんでお前がドヤ顔晒《さら》してゆうとんねんっ!!』

と、ジゼルは大声で怒鳴り散らしてやりたくなったが我慢我慢と自分を宥《なだ》める。

本当ならばアホ面下げて偉そうに告げるジェラルミンの耳の穴から手ぇ突っ込んで奥歯をガタガタガタガタガタガタガタいわせてやりたいところだが、そんなことはおくびにも出さずに笑顔を貼り付けた。

そんなジゼルの手をそっとクロードは握る。

ジゼルがクロードの方を見ると、彼は困ったような笑みを小さく浮かべていた。

ジゼルの気持ちを慮り、そして申し訳ないと思うクロードの気持ちが相まった笑みだろう。

ジゼルは気にする必要はないと、その思いを込めて笑顔でクロードの手を握り返した。

そんな二人の様子を目敏くジェラルミンが気づく。

「おいそこ！　我らの前でイチャイチャするな！」

『やかましいわこのへっぽこ野郎！』とジゼルが内心毒づくと、隣のクロードからも小さく「チ、」と舌打ちが聞こえた。

きっと彼も同じ気持ちなのだろう。

アイリスは兄王子に向かって言う。その表情はまさに恋に恋する乙女であった。

「あらジェラルミンお兄さま、お二人は新婚なのでしょう?　それでしたら仕方ないことだと思いますわ。新婚夫婦というのは人目を憚《はばか》らずどこでもイチャイチャする習性があるそうですから！」

アイリスのその言葉にジゼルは『いやなんでやねーん』とか『人を虫みたいに言うな〜』とツッコミを入れたくてムズムズしてしまう。

そんな自分の中にある大阪人魂と葛藤するジゼルをよそに、アイリスはヒートアップしていく。

「先日読んだ恋愛指南書に書いてありましたの！　新婚夫婦というものは初めて異性との交際を初めた思春期の男女の如く、頭の中がピンクに染まり隙あらばチチクリ合う生き物なのだそうです！」

『恋愛指南書ってなにっ？　頭ん中がピンクに染まるとかチチクリ合うとか書いてる恋愛指南書ってどないやねん！』

と、それを思いっきり口に出せればどれだけいいだろう。

しかしまさか王族にツッコミを入れるわけにもいかず、ジゼルは口をはくはくさせながら手だけを「なんでやねーん」の正しいツッコミの角度に動かしていた。

アイリスは話しながらどんどんテンションが高まり、興奮して椅子から勢いよく立ち上がる。

王女としてとても褒められた所作ではないが少し前まで平民であった彼女の場合は仕方ないだろう。

しかしあまりにも勢いよく立ちすぎて、尚且つ履き慣れないヒールの高い華奢な靴のせいでアイリスはバランスを崩して転んでしまった。

「きゃあっ！」

「アイリスっ!!」

「王女殿下っ！」

それにより場は一瞬にして騒然となる。

『あ、なんか嫌な予感……』

アイリス転倒という突然のハプニングに、ジゼルの頭に悪い予感が過ぎった。

エピローグ わかっていますよ旦那さま

転倒したせいでどうやら頭を軽く打ったであろうアイリスが「え？　今何か思い出しかけた気がするんだけど……なんだったのかしら……？」と頭を押さえながらつぶやいた。

ジェラルミンは血相を変えてその場にいた皆に告げる。

「アイリスが転倒したっ……！　緊急事態だっ！　ギルマン、帰宅も休暇も却下だ！　引き続きアイリスの警護を命ずる！」

自身が許可を出したにもかかわらず、妹王女が少し転倒しただけでそれを安易に撤回したジェラルミンに向け、ジゼルは思わず低く重たい声が出る。

「……は？」

このシスコン王子は散々任務により拘束した部下を労うどころか更にこき使おうというのか。

クロードがジェラルミンに答えた。

「お言葉ですが殿下、私は殿下ご自身に帰宅と五日間の慰労休暇の許可を頂き、騎士団本部でもすでに手続きを終えております。よって、今私は休暇中の身なのです。交代要員は充分な数を揃えておりますので、ぜひそれらの者たちでご対応いただけますようお願い申し上げます」

クロードのその言葉にジェラルミンが唾を飛ばしながら激高する。

「休暇はならん！　許可は却下だ！　王家の大事なのだぞっ、休んでる場合ではなかろう！　お前たちは我が王家のために生きている臣下ではないかっ！　なんのための専属護衛騎士だと心得る!!」

「殿下……」

隣に立つクロードから静かなる怒気が伝わってきたが、ジゼルもまた腹の底から湧き上がる怒りを感じていた。

この王子、他者は自分たち王族に尽くすのが当たり前だと思っているらしい。

騎士にも侍従にも侍女にもそれぞれの人生があり、王家のためにだけに生きているのではないのだ。

仕事だから懸命に仕えているのだ。

『それがわからんこのアホ腐れ王子がぁぁ……』

その時、頭を押さえていたアイリスが兄王子に向かって言う。

「お兄さま……私は平気です。どこも怪我をしていませんし、自分の落ち着きのなさが招いた事態ですから大騒ぎしないでください……は、恥ずかしいわっ……」

いたたまれない様子でそう言うアイリスを見て、ジェラルミンは心配そうな表情を妹姫に向けた。

「大切なお前が転んだのだ。これを一国の大事と捉えずしてどうする。今は平気でも後で急変するかもしれん。油断は禁物だ」

ジェラルミンはアイリスにそう言って、それから自身の側近や侍従たちに告げた。

「王宮医術師と騎士たちに非常事態宣言を出せ、そして緊急配備せよ」

『ウソやろ？　たったこれだけのことでまた、皆が不眠不休で働くん……？』

もう我慢でけへん。

たとえ不敬罪で捕まったとしても、このクソボケ王子に一つもの申してやらねば気が済まない、ジゼルはそう思った。

そしてジゼルは深呼吸と同時に足を踏み出し、ジェラルミンの前へと進み出た。

突然眼光鋭く真ん前に迫ったクロード・ギルマンの妻に、ジェラルミンは何事かと目を見開きながらジゼルに言い放つ。

「なんだっ？　そなたにはもう用はないっ！　ええい邪魔だ、さっさと失せろっ！」

居丈高に声を荒らげたジェラルミンだが、ジゼルはそれに臆することもなく落ち着き払った声で言った。

「……ひとつだけ言わせてもらってもええでしょうか？　ええですよね？　王子殿下」

「貴様っ！　発言を許可した覚えはないぞっ！」

威圧的にジゼルを抑えこもうとしたジェラルミンにアイリスが告げた。

「待ってくださいお兄さま……どうしてだかわからないけど……わたしの本能が……ジゼルさんに〝言わしたれ！〟と言っていますの……なぜかしら……？」

人形のように愛らしくこてんと小首を傾げるアイリスに、ジェラルミンは目尻を下げた。

そしてジゼルに向き直り、告げた。

「ア、アイリスの慈悲に免じて発言を許す。申してみよ」

「そーですか、感謝しますよ王子殿下王女殿下。じゃあ耳の穴かっぽじってよぉぉく聞いてくださいよ？　あなたのイカれた脳ミソでもわかるように言ってあげますんで」

「な、な、なんだとっ⁉　貴様っ！　不敬であるぞっ！　無礼者っ‼」

「あら大変失礼いたしました。だけどこっちはたった一分足らずの無礼ですわ。それに比べてあんたら王族は生まれた時からず――っと無礼、無体を働いてんとちゃいます？」

「なっ⁉」

「なーなーうるそうございますよ王子殿下。何が〝王族のために生きてる〟や、そんなわけあるかい。みんなそれぞれお母ちゃんからオギャアと生まれた日から自分のために生きとんねん。そんな当たり前のこともわからんのんやったら一から勉強し直した方がええんとちゃいますか？」

ジゼルがそこまで言い放つと、途端にアイリスが感激して叫んだ。

「キャー！　どうしましょう！　カッコイイ……！　まるで物語のヒロインのようですわ！　ジゼルさん素敵っ！」

いや物語のヒロインはあんたや、とジゼルは言いたくなるのを堪えた。

「アイリスっ⁉　ど、どうしたんだ、愛くるしいお前がそんな取り乱して……！」

ジゼルの啖呵に大喜びのアイリスを見て、ジェラルミンも他の者も驚愕に満ちた表情を浮かべる。

「ジゼル……」

クロードも驚いてジゼルのことを見ていたが、鬱憤が爆発した妻の言い分はもっともだと止めることもせずに黙認していた。

ジゼルが不敬罪で捕まるのであれば自身も共に捕縛される覚悟をしているのだろう。

そんなクロードに無言のエールを受け、背中を押されるようにジゼルはなおもジェラルミンに言い募った。

「そしてもう一つ言わさせてもらいますと、そのウザいシスコン発言もええ加減にした方がええですよ？　半分血の繋がった妹の逆ハー要員の一人なんてシャレにならんくらいキモいですわ。あんたのその歪《ゆが》んだ癖《へき》のせいでみんな苦労しとるのがわからんのですか？」

「ウ、ウザっ……? キ、キモっ……? ヘキ? な、なんのことかはわからんがものすごい悪口を言われているのだけはわかるぞっ……!」

「その上、王家のために休みもなく働けだ? 労働の対価は賃金と休暇やっちゅーこともわからんのですか? あんたがこき使《つこ》ぉとる家来たちにも友人がおって恋人がおって家族がおる。みんなそれを大切にして生きとるんですよ」

「しかしっ、王家あっての国、国あっての貴様ら国民であろうっ!」

「アホかっ……コホン、失礼しました。いや国民あっての国でしょう? 国があるから王族はのほほんと間抜けな顔《ツラ》晒して城に住めてるんです。国民に働いてもろて税金収めてもらわんと何もでけん奴が偉そーに威張り散らしてんなや! ですよ。民主主義の国で育ったもんの価値観を舐《な》めんなよこのクソボケが! ですよ」

「キャ――っ! ジゼルさん本当にカッコいい……!」

一気に捲《まく》し立てたジゼルにアイリスが感極まって抱きついた。

「王族に対し、もの怖じしないでそこまで正論が言えるなんて本当にすごいです! わたしはつい最近まで平民だったからその素晴らしさがよ〜くわかりますわっ!」

「……ありがとうございます、王女殿下。おかげさんでスッキリしましたわ。でもあなたの兄さん諸々ショック受けて真っ白なってますけどええんですか?」

生まれて初めて他者から、しかも家臣の妻から罵声を浴びせられ心を抉《えぐ》られる経験をして固まっているジェラルミンを一瞥《いちべつ》して、ジゼルはそう言った。

それに対し、アイリスはあっけらかんとして答える。

「ジゼルお姉さまと呼んでもいいかしらっ？　どうかわたしのことはアイリスと！　痛快なもの言いに感激しましたわ！　わたしが発言してくださいとお願いしたのです！　もしこれでジゼルお姉さまが罰せられるというのなら、わたしはもうジェラルミンお兄さまとはお口を利きません！」

「ア、アイリスっ……そ、そんなっ……」

アイリスは兄王子に擦り寄り、オネダリをする。

「ねぇお兄さま、もちろんこんな小さなことで怒ってジゼルお姉さまを罰したりはしませんよね？」

可愛らしく上目遣いでお願いするアイリスを見て、ジェラルミンは鷹揚《おうよう》にコクコクと頷いた。

「も、もちろんだっ！　私は王子だぞ！　ちっぽけな平民に何を言われようが痛くも痒くもない！」

「キャーお兄さま素敵です！　それにホラ、わたしはこんなに元気なのですから今すぐ非常事態宣言を解いて、みんなをお家に帰してあげてくださいませ」

「ア、アイリス？　どうしたというのだ？　急にそのようなことを言い出して……」

「わかりません。でもなんだかそうした方がいいような気がしますの。転んだのがきっかけなのかしら？」

不思議そうにキョトンとするアイリスを見て、ジェラルミンの鼻の下がびよーんと伸びた。

「アイリスっ……我が妹は本当に可愛いなっ」

その様子を目の当たりにしてしまったジゼルに思わず鳥肌がたつ。

『もうこの王子、まじキモいねん……』

「ぷっ……ジゼル、顔に全部出てるぞ」

クロードが笑いながらジゼルの肩を抱いた。

「あらヤダ、ポーカーフェイスが崩れてた?」

「ははっ、この世で一番ポーカーフェイスができない人間がよく言うよ。それにしてもすごいキレのいい啖呵だったな、ますます惚れてしまったよ」

クロードがとても嬉しそうにそう告げる。

「私もジゼルお姉さまに惚れてしまいましたわ!」

アイリスがそう言ってクロードの言葉に同意した。

結局、ジゼルの啖呵に心酔したアイリスのおかげでお咎めなし、そして予定通り休暇を得てジゼルとクロードは帰宅した。


家に着くなり、クロードは感慨深げにジゼルを抱き寄せた。

「……あぁ……五カ月ぶりの我が家、五カ月ぶりの夫婦水入らずだ」

そう言ってクロードはジゼルに口づけをする。

ジゼルは次第に深くなる口づけに翻弄されそうになるもなんとかクロードの胸を押して引き離す。

「ちょっともうっ……帰ってすぐに性急すぎるわっ……久々の我が家やねんからまずはゆっくりお風呂に入って疲れを癒して。今日は美味しいご馳走《ちそう》をぎょーさんこさえるから」

「ご馳走なら目の前にある」

クロードのその言葉に、ジゼルは思わずジト目になる。

「……ちょいとクロード・ギルマンさん? まさかそのご馳走はキミだよ? なんてベタなこと言うんとちゃうやろな?」

「さすがは我が妻、夫の心情をよく理解してくれている」

クロードはそう軽口を叩きながらジゼルを横抱きにした。

「きゃっ、前世と今世初のお姫さまだっこ？　……なんて言うてる場合やないわっ！　ちょい待ちクロード！　またお天道さんギリギリ沈んでへんで！」

「それなら夜はこれからで時間がたっぷりあるということだな。この五カ月、魔力欠乏症よりも辛いジゼル不足に悩まされていたんだ。早くジゼルに触れたい。……ダメか？」

「っ……！」

『そんな熱のこもった顔でお願いされて断れる妻なんかおらんやろ……』

ジゼルは顔を真っ赤にして告げた。

「くっ……どうぞ……」

「ジゼル、愛してるよ」

クロードはそう言って羞恥心から両手で顔を隠すジゼルを連れて寝室へと入っていった。


その日からようやく、ジゼルとクロードの通常の日々が戻ってきた。

まだ時折、人使いの荒いジェラルミンから無理難題を押し付けられそうになるらしいが、そんな時はアイリスが泣き落としでクロードだけでなくサブーロフや他の騎士たちを帰してくれるのだという。

アイリスは「ジゼルお姉さまに嫌われたくありませんもの！」と言ってくれているらしい。

まさかこんなにもアイリス王女に気に入られるなんて思ってもいなかったけれど、純粋に好意を寄せられるのは素直に嬉しい。

それになんだか今のアイリスには何か不思議な既視感を抱くのだ。

何に対しての既視感なのか、ジゼルにはわからないけれど。

「ジゼル、せっかくの休日だ。散歩がてら外で食事でもするか」

「あ、ええね。ふふ、何を食べようかな~♪」

「ジゼルは食べることが好きだよな」

「当たり前やん。食い倒れの街の出身やねんから」

「ジゼルは王都の生まれだろ?　ん?　クイダオレ……?　なんか昔、母さんがそんなことを言っていたような……?」

「え、何それむっちゃ気になるやん!　早よお義母さんの手紙を見つけてや」

「そうだよなごめん、今度実家の納屋を調べてみるよ」

「ぜひそうして」

意識を失っていたクロードを救ってくれたという義母が嫁に遺したという手紙、何が書かれているのか想像もつかないが、ジゼルは気になって仕方がなかった。

そんなジゼルをクロードがじっと見つめている。

その視線を肌に感じ、ジゼルはクロードに向き直った。

「なに?　ジロジロ見て」

「いや、俺の妻は本当に可愛いなと思って」

「な、なによ急に……」

「急じゃない、俺はいつもそう思っている。俺は世界で一番幸せな男だ」

「大袈裟やねんから……」

そんなの、ジゼルだって同じ気持ちだ。

ジゼルだって今、世界中で一番幸せなのは自分だと思っているのだから。

でもその幸せは、他ならぬクロードが手繰り寄せ守ってくれた幸せなのだ。

クロードが根気よくジゼルと対話をし、できうる限り側にいてくれたから、ジゼルは開き直ることができたのだ。

「クロード、ありがとう……」

最初から諦めしかなかった自分の手を離さないでいてくれてありがとう。

夫婦でいられる努力をしてくれてありがとう。

それを心から感謝すると同時に、これからは一緒にこの幸せを守ってゆきたいとジゼルは思った。

そんなジゼルを見つめてクロードが言う。

「ジゼル……」

ジゼルはめいっぱい微笑んでクロードにこう告げた。

「わかっていますよ旦那さま。私に『愛してる』と言うんでしょ?」

「よくわかったね。ジゼル、愛してる」

「ふふ」

クロードからキスを受け、そしてジゼルは「ウチも愛してる」と想いを言葉にのせて夫に返した。

特別番外編一 クロードが性格改変されていない世界の離婚後のジゼル

他に愛する人ができた。

そう告げてジゼルの夫は出ていった。

虐げられ続けた叔父の家から出られる上に、自分にも本当の家族ができるのだと幸せを感じていたのは結婚式を終え夫婦としての最初の夜を過ごした時までであった。

結婚式の翌朝、夫は騎士団から緊急招集を受け登城した後、それから数カ月戻らなかった。

武勲を上げ騎士爵を得て別人のように偉くなった夫がようやく戻り、気後れしながらも夫婦として暮らし始めた。

夫のクロードは生真面目で寡黙な男だ。物静かで感情の起伏が一切なく、彼が何を考えているのかはその表情からも言葉からも汲《く》み取ることができない。

だけどジゼル自身もお喋りな性質《タチ》ではないし、声が大きかったりテンションの高い人間は苦手だったのでちょうどよかったのだ。

自分たち夫婦は似た者夫婦。このまま静かで穏やかな暮らしを続けていけると、ジゼルは信じていた。

だがそんな暮らしも長くは続かなかった。夫のクロードがまた任務により登城したまま帰らなくなってしまったのだ。

なんでも市井で見つかった国王陛下のご落胤である王女の護衛に就いたのだとか。

また夫が戻らない、妻である自分が忘れ去られているような日々が始まった。

それでもジゼルはクロード・ギルマンの妻として立派に夫が不在の家を守っていた。

クロードの父親の代から仕えているという下男夫婦に蔑まれながらも。

彼らは主人であるクロードが不在となると途端に態度を豹変《ひょうへん》させる。

ジゼルが大人しく気弱な性格なのをいいことに、ギルマン家の女主人であるジゼルを無視して好き勝手し放題であった。

それでも子供の頃から叔父家族に虐げられ生きてきたジゼルはそのような環境に慣れてしまっていて、そのまま放置して暮らしていた。

夫が戻ってくれれば、クロードとまた暮らせるようになればきっと幸せになれる。そう信じて。

だがそんなジゼルの小さな希望も叶うことはなかった。

任務を終えて戻ってきた夫は「すまない、他に愛する人ができたんだ」と告げて、ジゼルに離婚を要求したのだ。

クロードが心を寄せる相手はかなり身分の高い女性らしく決して結ばれることはないが、それでもその女性に対し誠実でありたいのだと言う。

彼女の側にいたいのだと言う。

その表情がとても優しくて穏やかで、この人もこんな顔をするのだと場違いにもつい見とれてしまう。そしてそんな顔をするクロードを初めて見たジゼルは、あぁ彼は彼なりに本当の幸せを見つけたのだと、妙に素直に受け入れられたのであった。

彼の幸せを壊したいわけではない。自分が幸せになれないならと彼も不幸になればいいなんてそうは思わない。

だから彼の希望通り、離婚を受け入れよう。

でもやっぱり、寂しくて悲しくてどうしようもない気持ちもある。

縁あって夫婦となったのだから、欲を言えば彼と添い遂げたかった。

ジゼルはそんな遣る瀬ない気持ちでいっぱいになり、気づけば涙を流していた。

そんなジゼルを見ても、クロードはただ「すまない」と繰り返すだけだった。

そうしてクロードは離婚に当たり、今の家を手放すことにした。

その手続きを踏む上で下男夫婦の横領や私物の窃盗が明るみに出て、クロードは下男夫婦を騎士団へと連行して裁きを受けさせることにした。

それだけは本当に良かったとジゼルは思った。

そしてクロードは離婚後のジゼルが暮らしに困らないように充分な金を置いていった。

その後ろ姿を泣きながら見送ったジゼルだが、なぜか心の片隅には不思議な開放感もあった。

結婚生活は上手くいかなかったが、叔父の家を出ることができた。

それにもう、夫の帰りを待ち続けるだけの日々も送らなくてもいいのだ。

一人で生きていけるだけのお金ももらった。

自分は自由だ。どこに行っても、何をしても咎められない。誰の顔色を窺う必要もない。

悲しく寂しい気持ちはあるが、同時に生まれて初めて感じるその清々しい気持ちに、ジゼルの心は次第に高揚していった。

これから自分はどこに行こうか。どこに行って何をして暮らそうか。

王都を離れて海の見える素敵な街で暮らすのもいい。

山の近くで緑に囲まれて暮らすのもいい。

そこで仕事を見つけて自分のために生きよう。

ジゼルはそう思った。

そうしてジゼルはたっぷりの慰謝料が入った銀行の通帳と私物が入ったトランクを持ち、クロード・ギルマンの妻として暮らした家を出たのであった。


浪速花子が読んだ、原作にはその後の彼女がどうなったかを綴《つづ》った文章は存在しない。

だけどジゼルが住む世界では数年後、海の見える小さな街でうまい料理が食べられると評判のいい食堂があると新聞のコラムに小さく紹介されていた。

その記事によると、食堂は女性店主一人で切り盛りしていて、店の常連客は皆店主を「ジゼルさん」と気さくに呼んでいるらしい。

その食堂は連日、常連客や観光客で繁盛しているとのことだ。

特別番外編二

アイリス殿下主催のガーデンパーティー

「スプリングガーデンパーティー？」

「そう。王城の庭園でするパーティーよ。言うならば野外でするお茶会みたいなものね」

「春のお茶会祭りて……ハルのパン祭りみたいにゆうて……」

市井で見つかった国王のご落胤アイリスが王女となって早いもので一年の月日が経とうとしていた。

王族にも物怖じせずに啖呵を切るジゼルに惚れ込んだアイリスはたまに兄王子たちに内緒で城を抜け出して勝手にジゼルのところに遊びに来るようになった。

サブーロフ選抜の腕の立つ護衛を数名連れて。

そして今日もギルマン夫妻が住むアパートに来たアイリスにジゼルはガーデンパーティーの招待状を渡されたのだ。

「えー……ガーデンパーティーに出るってことは、それ即ち社交せよってことでしょう？　そりゃうちの旦那さまは騎士爵を賜っておりますが？　妻のワタクシはただの平民上がりの女でございますのよ？　そんなワタクシが社交なんて無理寄りの無理、いや絶対無理に振り切れてる無理なのでございますワ」

ジゼルはそう言ってガーデンパーティーの招待状をやんわりと受け取り拒否をする。

対してアイリスはジゼルのその反応が想定内と言わんばかりにこう言った。

「だから夜会ではなくもっと気楽なガーデンパーティーへのご招待なんですよ。夫が爵位持ちの王宮騎士である限り、避けては通れない道ですよ、ジゼルお姉さま」

「でもぉぉ……やっぱり無理ザマスぅぅ……！」

「ジゼルお姉さまともあろうお方が日和ってる場合ではないですよ！　あなたの優しい旦那さまがそれを汲んで夜会には出席しなくて済むようにしてくれているのでしょう?　わたしもそれに協力して夜会当日の専属護衛にギルマン卿を指名してるからこそ、まかり通っているだけなんですよ?」

「ありがとうございますぅアイリスさまぁ〜！　このままお茶会もその方向でよろじぐお願いじまずぅ！」

　泣きを入れながらもちゃっかり要求するジゼルの頬をアイリスはフニっとつまんだ。

「一度や二度は逃げられても、ずっとは無理ですよジゼルお姉さま！」

「だってぇぇ〜！　絶対に平民上がりの粗忽《そこつ》ものだとイジメられるぅ〜！」

「ジェラルミンお兄さまを言い負かしたジゼルお姉さまのお言葉とは思えませんわね！　でもご安心を。当日はわたしと筋肉狂の奥さまとでガッツリ左右を固めて守ってさしあげますから！」

　アイリスにつままれた頬をさすりながらジゼルが訊く。

「筋肉狂って……サブーロフ子爵夫人ミコラさまのことですか?」

「そうです！　あの旦那さまに筋ハラ……筋肉ハラスメントをしているミコラ夫人です。あの人と二人でジゼルお姉さまのフォローを全力でいたしますので安心してくださいませ！」

「それは心強いけど……えーっ、絶対行かなあかん〜?」

「行かなきゃダメです！　旦那さまのためですよ！」

「それを言われると弱いぃ〜でもフォーマルなプレッシャーにも弱いぃ〜っ」

結局、ジゼルがどれほど泣きを見せようとガーデンパーティーの欠席は認めてもらえなかった。


その夜、ジゼルはアイリスに強制参加を義務付けられたガーデンパーティーのことをクロードに話した。

「まぁ……確かに俺が爵位持ちの王宮騎士でいる限り、必要最低限の社交界とのつきあいは逃れられないかもしれないなぁ」

クロードのこの言葉にジゼルはがくりと項垂れる。

「やっぱり……」

「でも確かにアイリス殿下のおっしゃる通りだ。キミはなぜか出会った時からアイリス殿下のお気に入りだし……いや、なぜかじゃないな。さすがは一国の王女だ。ジゼルを好きになるなんて、人を見る目がある」

そう言ってクロードは就寝前で背中に流している妻の艶やかな髪をひと房すくい上げて口づけをした。

「そういうのええから」

対する妻はすんとしてその髪を取り戻しつっけんどんに言う。

その態度すら愛しいと思っている夫は気にする様子もなく今度は妻の頭を撫《な》でた。

「その王女お気に入りのキミが社交界デビューするのに、これ以上ない席だと俺は思うよ？　しかもサブーロフ卿の奥方も介添え《シャペロン》のように付き添ってくれるんだろ？　安心して出られる席じゃないか？」

「うん……それはわかってるんやけど……」

ふむと考え込むジゼルを見てクロードは優しげな表情を浮かべた。

「ジゼル。そんなに嫌なら無理しなくていいんだ。そもそも俺は騎士だ。社交なんてしなくても、剣の実力と忠誠心でこの国の中枢で上手くやるさ」

「でも……」

「本当にいいんだ。社交界のつきあいは俺に任せておけばいいさ。まぁ俺もただ夜会などに参加するだけでとくに何をするつもりもないが、ジゼルが余計な苦労を背負う必要はない」

「クロード……」

優しい夫の言葉に胸が熱くなる。こんなにも大切にされて怖いくらいに。

「ジゼルは四六時中俺のことだけを考えてくれていればそれでいいんだ」

少しおどけたようなもの言いだが、それを本気で願っているのが伝わってきてジゼルは笑みをこぼす。

「ふふ。当然でしょう。ありがとうクロード……でも、本当にいいの？　社交しなくて……」

ジゼルがなおも心配そうに言うとクロードは頷いた。

「ああ問題ない。大丈夫だ」

「って、問題ないわけありませんわよ～！」

次の日、ガーデンパーティー出席の準備と称して現れたアイリスに、ジゼルはその身を拉致られた。そして同じくジゼルの準備のために馳《は》せ参じていたミコラとアイリスに、ジゼルは昨夜のクロードとのやり取りを話したのだった。

が、途端にアイリスからこのツッコミである。

「だってクロードが大丈夫《ええ》って……」

アイリスの剣幕にたじたじになるジゼルがそう言うと一緒にいたミコラもアイリスに同調した。

「そりゃあギルマン卿は奥さん大好きの甘々な旦那さまだもの。あなたに苦労や無理はさせないでしょうね。でも、それに甘んじていては妻の名折れよ？」

「名折れ？　なんでです？」

「あなたが出ない夜会やお茶会などの、夫であるギルマン卿はひとりで出席することになるのよ？」

「そら、そーなりますよね？」

「いいの？　そうなれば妻と同席していない殿方は、遊び慣れた熟練マダムたちの格好の餌食となるのよ……？」

「な、なんですとぉぉっ⁉」

ミコラからもたらされた衝撃の事実に、ジゼルは驚愕した。

「とくにギルマン卿は筋肉はうちの主人には劣るけど、長身でハンサムで物腰の柔らかなステキな騎士さまだもの。これは老若男女分けずしてモテるわよ～？　筋肉はウチの主人より劣るけど」

「筋肉劣るて二回言うた。……ろ、老若男女にモテモテっ……？」

そうつぶやきながらワナワナと震え出すジゼルにアイリスが言う。

「そうですわよジゼルお姉さま。あなたが社交しないと、ギルマン卿はそういった公の場で妻の監視がないフリーの存在として認識され、魅惑の誘惑三昧となってしまうのですよ？　それでもいいのですか？」

「ええわけあるかいっ！　何人《なんぴと》たりともウチの夫は渡さん！」

「そうでしょう？　そうですよね？　その意気ですよ！　ならばやはり貴女もガーデンパーティーに出席して女《ハイエナ》共から夫を守らなくては～」

「そうよジゼルさん！　共に夫の筋肉を守りましょう！」

「っしゃあ！　社交がなんぼのもんじゃい！　ガーデンパーティーがなんぼのもんじゃい！」

と、いうわけで夫を取られたくないジゼルは急に闘志を燃やし出し、ミコラが手配したマナー講師に付け焼き刃のマナーを叩き込まれた上でガーデンパーティー当日を迎えたのであった。

＊

「本当に良かったのか？　ガーデンパーティーに出席して……」

ガーデンパーティー当日、結局社交デビューするジゼルが心配で仕事を休んで無理やり出席するという強行に出たクロードがそう言った。

彼は王国騎士の略式な礼服に身を包んでいる。

「うっ……旦那さまが眩《まばゆ》い……！」

騎士の礼服は紺地の詰襟という普段の騎士服と変わらないスタイルに、銀のボタンや肩章でアップグレードされている。

イケメンで長身でゴツくはないが逞しい体軀のクロードが着るとまるでどこかの国の王族のようだ。

それでも夜会ではないので銀糸で作られた飾緒《しょくしょ》や豪華な意匠の施された剣帯やマントなどの着用は省略されている。

これはヤバイ。この破壊力はヤバイ。夫がカッコよすぎる。こんな夫を一人で、政略結婚後は自由恋愛を楽しむという貴族のご夫人方《有象無象》の中に放り込むなんて……

『そんなことできるワケがおまへんやろっ！　ウチがっ……ウチが守らな。旦那とそして一家の幸せをウチが守るんや！』

ジゼルが闘志を漲らせて拳をぎゅっと握っていると、クロードがその様子を心配して覗き込んできた。

「ジゼル？　大丈夫かジゼル？」

「ハッ、ごめん。リングに上がる前にタイトル防衛を誓うボクサーのような気持ちになっとったわ」

「ん？　タイトル防衛？　ボクサー？　相変わらずジゼルの言うことは面白いな」

「やだもうクロードったら褒めんといて」

褒めてねぇ……という本来ツッコミ担当がボケをかましたら収拾がつかなくなることはこの際置いておくとして、ジゼルはクロードに答えた。

「うちならもう大丈夫や。それよりいつの間にこんな素敵なティードレスを用意してくれてたん？」

ジゼルは今日のためにクロードから贈られたティードレスを身に着けている。

上品なアイボリーのタフタに春の庭を思わせる瑞々しいグリーンのストライプと可愛らしくも洗

練されたデザインの青い花のモチーフが散りばめられた、ガーデンパーティーに相応しいティードレスである。

そして身に着ける装飾品、ピアスにネックレス、指輪は皆クロードの瞳を彷彿とさせる青い宝石でできている。

しかもこの青い石、ただの宝石ではない。

クロードが自らの魔力を結晶化させた、非常にディープな愛と独占欲むき出しの物理的にではなく精神的に重～い重～いジュエリーなのである。

それを身に着けた妻を満足そうに見つめながらクロードが言った。

「突然こうやって、社交の場に出ることがあるかもしれないと、あらかじめ用意しておいたんだよ。一応夜会用のイブニングドレスや略式のパーティー用にカクテルドレスも用意してある。ドレスメーカーに預けてあるから、いつでも着られるぞ? 各ドレスに合わせて装飾品も一式揃えてある」

「そんななんでもないことみたいに物理的スパダリ発言せんといて。ほんまにいつの間に……ていうか、採寸もしてへんのにサイズぴったりなんが怖いんやけど」

ジゼルがジト目でそう言うとクロードは「当たり前だろ?」と言わんばかりににやりと微笑んだ。

「用意しておくようにとミコラ夫人にな。今までなんやかんやと社交は免除されていたジゼルをそろそろ公の場に引きずり出すからドレス一式装飾品込みで用意しておけと言われたんだよ」

「さすがはミコラさま……副団長となられたサブーロフ卿の奥方さまなだけあるわ……」

クロードの直属の上官であるアドリアン・サブーロフ子爵は半年前に王国騎士団の副団長に就任していた。

クロードも近衛とはまた別の立ち位置から王族に仕える騎士団の隊長に昇進していた。

特務隊は云わば王家の直轄の影。暗部である。

「それにしてもジゼル、ドレスがよく似合ってる。本当に綺麗だ。うーん……こんなに綺麗なジゼルを他の奴には見せるのが惜しくなったな。やはり今日のガーデンパーティー出席は取りやめようか」

いざ開宴の時間になりそんなことを言い出したクロードにジゼルは眉根を寄せて異論を唱える。

「なに言うてんの。せっかくここまで完璧に支度しといて。この支度のためにわざわざアイリス殿下が王宮の一室を貸してくださってレディースメイドまで付けてくれてんで？　今さら取りやめなんてできるワケがないやろ」

「わかってる、わかっているが、俺の妻が美人で清楚《せいそ》でありながらどことなく妖艶な色気を放つしゃぶりつきたくなる極上の女性だということを知られてしまう……」

「それ一体誰のことやねん。そんな女どこにおるん？」

「今、俺の目の前に」

クロードはそう言ってジゼルの腰に手を回し、引き寄せた。

「心配だ。本当は火遊びを好むアホ貴族がたむろする社交界になんかにジゼルを連れていきたくはない……」

「ぷっ……うちら夫婦揃って同じこと心配してる」

「ジゼル、絶対に俺から離れるなよ」

「クロードこそ、パーティー会場に綺麗なご婦人がわんさかおっても、のこのこついてったらあかんで？」

「ジゼル以外の女はみんなただの景色だな」

「浮気したら半殺しにした上で離婚やからな？　離婚届にサインしなあかんから半殺しで済ませるけど、生まれてきたことを後悔するくらいには痛めつけるからな？」

「可愛らしい顔をしてどこでそんな怖い言葉を覚えてくるんだ」

前世で……とは言わない代わりに、ジゼルは夫にだけ見せる無防備な表情で微笑んだ。

それを見たクロードがジゼルの唇に引き寄せられるように顔を近づけてきた……が、口を指で押さえられて口づけを拒んだ。

「口紅が取れてしまうから、キスはあかんよ」

「……くっ……拷問だ……」

「ふふふ」

口づけは阻止したがその後も腰を抱かれたまま、夫の不埒《ふらち》な手が体の上を這う。

「コラ」と叱ろうとしたその時、控え室のドアがノックされた。

「ギルマン卿、奥さま、そろそろ開宴のお時間です」

ドアの外から時間を知らせる声が聞こえ、クロードは名残り惜しそうにジゼルから体を離す。そしてジゼルに手を差し伸べてこう言った。

「とっとと顔を出してとっとと帰ろう」

「ふふ。ええ、そうしましょう」

ジゼルは笑みを浮かべてクロードの大きな手に自身の手を重ねた。

ジゼルの社交界デビューとなるガーデンパーティーが始まる。

クロードにエスコートされ、ジゼルがパーティー会場となる庭園に足を踏み入れると、そこにはすでに大勢の招待客がいた。

立食パーティー形式なので、料理やドリンクやスイーツがのったテーブルが庭園内に数多く並べられており、招待客は思い思いに各テーブルを移動したり取り囲んでいたりしている。

「わぁ……さすがは王家主催のパーティー。やっぱり華やかやねぇ。他は知らんけど」

ジゼルがそう言うと、「高位な家門の夜会やお茶会などはこれに負けず劣らずに華やかだが、そうだなやはり王城で催されるものは格別かもしれないな」

とアイリスの護衛として数多くの社交の場に顔を出しているクロードがそう言った。

その時、今日のパーティーの主催者であるアイリスの入来《にゅうらい》を告げる声が高らかに響く。

「アブラス王国第二王女アイリス殿下のお越しにございます！」

その声と同時に皆の視線が一斉にアイリスへと集中する。

『漫画のワンシーンだったら集中線がアイリス王女を中心に広がってるな』とそんなことをジゼルは考えていた。

すると集中線を浴びている渦中の人物、アイリスが各招待客たちに挨拶をした。

「皆さま、本日はお集まりいただき感謝いたします。長く冷たい冬を越え、力強く芽吹きそして咲き綻ぶ庭園の花々を皆さまと共に楽しみたく思いますわ」

衆人環視の中、凜《りん》として優雅に口上を述べるアイリスにジゼルは目を瞠《みは》る。

「すごい……。威風堂々とあんなに立派な挨拶を……まるで本物の王女さまみたい」

「いや本物の王女なんだがな? でも確かにそうだな。市井の孤児院でエプロン姿でシーツを干していたあの頃を思うと、別人のようだ」

夫婦でそんな会話をしている間にアイリスの挨拶は終わったようだ。

が、その時アイリスが徐にジゼルとクロードの元へとやってきた。

アイリスが動くと、招待客たちの視線も一斉に動く。そしてアイリスに集中していた人々の視線が今度はギルマン夫妻に向けられた。

『え? なに?』

たじろぐジゼルの手を取り、アイリスが皆に言う。

「そして皆さま、ぜひともご紹介させてくださいませ。こちらはわたくしの無二の親友であるジゼル・ギルマン夫人です。隣に守護霊のように取り憑《つ》いて……コホン、寄り添われておられます騎士団の英傑の一人、ギルマン卿の奥さまですわ」

ザワッという表現はこのことを言うのだろう。アイリスがジゼルをクロードの妻だと紹介した途端に、招待客たちがざわめいた。

中には小さな悲鳴なようなものも聞こえたような……。

ジゼルはアイリスに小さく肘でこづかれ、引きつりながらも笑顔を皆にふりまいた。

「は、はじめましてジゼル・ギルマンです。皆さまどうぞよろしくお願いいたします」

ジゼルがそう挨拶すると、

「いよっいいね！　仕上がってるよ！」

「生き方がナイスバルク！」

という、誰が言ったか詮索するまでもないかけ声が返ってきた。

『仕上がってるって何が？　メイクか？　生き方がナイスバルクってなんやねん。ていうか異世界でも筋肉系のかけ声って一緒やねんな』

と、思わず心の中でツッコミを入れる。

極力目立ちたくないと考えているのに、アイリスもサブーロフ夫妻もやめてほしい。

だけどクロードが「最初にこれだけ目立っていればこの後どこに顔を出しても〝お前誰だ？〟って顔をされずにすむな」と言ったのでそれもそうかと頷いておいた。

王女の挨拶が終わればいよいよパーティーの始まりである。

招待客たちは皆、思い思いに食事を楽しんだり歓談したり庭園の植物を眺めて楽しんでいる。

ジゼルもクロードと共に初めてのガーデンパーティーなるものを楽しんでいた。

ジゼルたちもとりあえず何か軽食をつまもうと移動しようとした時、歩く岩石とその夫人が声をかけてきた。

「ギルマン」

「サブーロフ卿、夫人、どうも」

クロードがサブーロフ夫妻に挨拶をすると、ミコラがジゼルを見つめながら感嘆の声を上げた。

「ジゼルさん、本当に素敵だわっ……ドレスも装飾品も全身から独占欲と執着心が漂ってくるけれど、とてもよく似合っている。会場の皆も見とれていたわよ」

「ありがとうございます。ミコラさまもお綺麗です。それに……サブーロフ卿も」

ジゼルはミコラの隣にそびえ立つサブーロフに視線を移す。

彼もクロードと同じ略式の礼服を着用している。

クロードとはまたガラリと印象が変わる、ナイスルッキングイケメンゴリラであった。

ミコラが自慢げに夫について語る。

「素敵でしょう? パーティーが始まる直前まで筋トレしてパンプアップした美しい筋肉を包み込む礼服……彼の胸筋と僧帽筋と肩甲下筋と上腕二頭筋の主張を妨げないようにミリ単位でサイズに拘った特注品《オートクチュール》よ」

「パーティー直前まで筋トレせんでもええんとちゃいます?」

「略式の礼服はいいわよね。マントを着用しなくていいから、夫のナイスな大臀筋が隠されることなく披露できるもの?」

「さいですか〜、わ〜〝肩にメロン乗ってんかい〟〝腹筋6LDK〜〟〝背中に鬼を飼ってるんか〜い〟」

ジゼルはとりあえず思いつくボディビルのかけ声で賛辞を贈っておいた。

互いに顔を見合って、そのかけ声に嬉しそうにする凸凹夫婦……なんだそれ、可愛いしかないいなとジゼルは思った。

そんなジゼルにミコラが言う。

「ジゼルさまの社交デビュー、本来ならシャペロンの如く私がガッツリ隣にいるつもりだったけど、旦那さまが一緒ならその必要はないわね。私よりも頼もしい守護神だもの」

「ふふ。ミコラさまもご主人が一緒に参加してくださって良かったですね」

ジゼルが笑みを浮かべてそう言うとミコラは嬉しそうに頷いた。

そうして夫婦同士、歓談しながら一緒に軽食をつまんで、別行動するために別れた。

王城の腕の良い庭師が手塩にかけた庭園をクロードと散策していると様々な人に声をかけられた。

その者たちは様々な反応を見せてくる。

好意的なものから選民思考を感じさせるもの、羨望、そして嫉妬。

様々な感情を向けられながら招待客たちと挨拶を交わしていく。

あからさまに悪意を感じるものは途端にクロードにより遮られ、あとは彼の背中や肩越しに穏やかに接しながら、クロードが全身から発する圧により相手を撃退する様を見物していた。

『プレッシャーだけで相手を退けるなんて器用やな』

ジゼル《花子》は口撃で相手をやり込める方法しか知らないが、クロードは威嚇する言葉も暴力的な言葉も使わずに自ら発する空気だけで相手を蹴散らす。功績により騎士爵を得たクロード・ギルマンの実力は皆が知り、畏怖するところなのだろう。

ジゼルは騎士団での、そしてこの国の社交界での夫の処世術を垣間見た気がした。

『いやんまた惚れ直してまぅ』

そしてそんなクロードに特別な感情を抱くのは自分だけではないのだと、ジゼルは直接わからされることになるのである。

クロードのガードが唯一届かない場所、レストルームという上品な名で呼ばれる女の魔窟……女子トイレで。

「あなた、もうそろそろご自分の立場をおわかりになった方がよろしいのではなくて？」

ジゼルはレストルームでそんな言葉を突然かけられた。

「は？」

声をかけてきた相手を見ると一人ではなく五名ほどのご令嬢方だった。

ジゼルは内心首を傾げながら、直接ジゼルに言葉を投げかけてきた令嬢に尋ねる。

「突然なんですか？　自分の立場とは？」

「平民のあなたが、騎士爵を賜ったクロードさまの妻の座にいつまで居座るつもりなのかとお聞きしているの」

失礼なもの言いと〝クロードさま〟と名を呼んだことにジゼルはムカっときた。

だけど見るところによるとまだ一六、七歳くらいの小娘……もとい年若いご令嬢。

ジゼルは大人の余裕を以てこう言った。

「……夫はご令嬢にファーストネームで呼ぶことを許したのかしら？」

「直接お呼びしたことはないからわからないけれど、きっとクロードさまなら許してくださるわ」

「それはどういう根拠で？」

「だってワタクシの方が若くて家柄が良くて可愛いんですもの。クロードさまには平民出のおばさんではなくワタクシの方が相応しいからよ」

ご令嬢がフフンと顎を突き出しながら得意げに言うと、後ろや隣にいる他の若い令嬢たちが「そうよそうよ」「ミレリーさまのおっしゃる通りだわ」と同調した。

なるほど。ご令嬢の名はミレリーといって、他の令嬢たちは単なる腰巾着か。

ミレリーとやらがどこの家門のご令嬢なのかジゼルにはわからないが、その高慢な態度や腰巾着を引き連れていることから見てかなりの身分ではあるのだろう。

こんな小娘たち如き幾らでも返り討ちにする自信はあるのだが、高位貴族の娘に不敬を働いたと罰せられるのが関の山だろう。

それによりクロードに迷惑がかかるのは嫌だ。

さてどうしたものかと考えているとミレリーなる令嬢がさらに絡んできた。

「なんとかおっしゃったらどうなの？　まぁ誰の目から見てもワタクシの言っていることが正しいのだから何も言い返せないのは仕方ないでしょうけど！」

また得意げにツンとしてそう言い放つミレリーにジゼルは笑みを浮かべて返した。

「まぁ。誰の目から見ても、とは誰の目のことをおっしゃってるんです？」

「だ、誰とは……みんなですわ」

「そのみんなとは？」

「いちいちなんですの？　みんなとはこの会場にいるみんなに決まっているでしょう」

「それならこんな女子便所でキーキー言うてんと、表出て他の人間に訊いてみようや。必ずしもみ・ん・なとは言われへんと思うで？　でございますわ」

まさかジゼルがそんなことを言い出すとは思っていなかったのだろう。ミレリーは一瞬たじろいだ様子を見せるも、すぐにまた小馬鹿にしたような態度で意地悪そうな笑みを浮かべる。

「ふふふ。そんな必要ありませんわ。だって平民女がこの場に相応しくないなんて、みんなが思っていることですもの。図々しくも王女殿下のパーティーに顔を出すことも分不相応で笑ってしまいますわ」

「だからそのみんなは誰や?　ってお訊きしてるのです」

「みんなとはみんなよ！」

苛立ったミレリーが声を荒らげてそう言うと、すぐ側から今の今までここにはいなかった人物の声が聞こえた。

「みんな、とは誰?　わたくしもぜひ知りたいわ」

そう言った人物の声を、ジゼルはよぉく知っていた。

「あら、アイリス殿下」

ジゼルはその人物の名を呼んだ。

「お、王女殿下っ!?」

「第二王女さまっ……！」「なぜこんな客人用のレストルームにいらっしゃるのっ?」

と、ミレリーと腰巾着たちの声も立て続けに聞こえる。

アイリスはジゼルの側に来てこう言った。

「ギルマン卿がね、妻がレストルームから出てこないと心配されて。それでわたくしに中を見てきてほしいとおっしゃったの」

「クロードが……。男性が女性用のレストルームに入るわけにはいきませんから。アイリス殿下に頼んだんですね」

「そうよ。まぁギルマン卿はわたくしの侍女に見にいかせてほしいという意味合いだったのだろうけどわたくしが直接来ちゃいました♪　だって他ならぬジゼルお姉さまのためですもの！」

そんなジゼルとアイリスのやり取りをミレリーたちは唖然《あぜん》として見ていた。

そんなご令嬢たちに向き直り、アイリスが言う。

「パーティーが始まる前にもご紹介しましたでしょう？　ギルマン卿夫人はわたくしの親友であると。あらまさかわたくしの挨拶を聞いてくださらなかったのかしら？」

王女にそう言われ、ミレリーたちは慌てて首を振った。

「そ、そんなとんでもございません！　殿下のご挨拶は一語一句、聞き逃すことなく拝聴いたしましたわっ……！」

「ではギルマン夫人がわたくしの友人であると知っていて、それでも元平民である彼女がギルマン卿に相応しくないとおっしゃったの？」

「そ、そ、それは……」

まさか聞かれていたとは、という顔を露骨にしているミレリーにアイリスは容赦なく言う。

「それにギルマン夫人がこのパーティーに出席したことを図々しいともおっしゃってましたわよね？　彼女にぜひにと招待して首に縄をかけて出席させたのはわたくしですのに……あなたはそれを非難するのね……？」

「いえ！　決してそのような意味で申し上げたのではありませんっ」

ジゼルを貶《おとし》めるために吐いた自らの発言がアイリスの不興を買ったと知りミレリーは慌てて否定

する。

「お黙りなさい、ミレリー・ハモンド侯爵令嬢」

アイリスがミレリーをそう呼んだことによりジゼルは彼女がどこの誰なのかを知った。

『わぉ侯爵令嬢やったんか。どーりで偉そうにするわけやわ』

しかしいくら侯爵家の娘だとしても対するは国王や二人の王子が溺愛するこの国の王女。

その王女の怒りを買ったとあれば、父や家門の者たちからどれほどの叱責を受けるか。

それを思うと恐ろしく、とんでもないことになったとミレリーはがくがくと震え出した。

彼女の取り巻きの令嬢たちも雲行きが怪しくなったことに狼狽えている。

それでもアイリスはここで許すつもりはなかった。

この手の浅慮な女は簡単に自分の発言の浅はかさと、その失敗を忘れる。喉元過ぎればなんとやらだ。

そしてまた同じことを何度も繰り返すのだ。今は高位令嬢として、そしていずれは高位貴族の妻として、母として。

そんなものに付き合わされるのは自分も嫌だし親友のジゼルについて回るのも真っ平御免だ。

なのでアイリスは完膚なきまでに今日、この令嬢たちを叩くと決めた。

アイリスは厳しい眼差しでミレリーを見て、こう告げた。

「それに、あなたはギルマン卿のファーストネームを卿の許可なく勝手に呼んでいたわよね? 卿の妻の前で、しかも自分ならそう呼ぶことが許されるともおっしゃっていたわ」

「あ、あの……そ、それは……でもそれは本当のことだと思っております……」

「じゃあギルマン卿本人に訊いてみましょうよ」

「「え？」」

ジゼルとミレリーの声が重なる。

そしてアイリスはジゼルとミレリー、そして彼女の取り巻きの令嬢たちを連れて会場へと戻った。

クロードは苛ついていた。

妻のジゼルがレストルームへ入っていったきり戻らないのだ。

ジゼルの後に数名のご令嬢がレストルームへ入っていったのを見た後、待てど暮らせどジゼルが戻ってこない。

クロードはこのパーティーでジゼルを一人にするつもりはなくずっと行動を共にしていたのだが、さすがに女性用レストルームの中にまで入ることはできない。

なのでレストルームの出入り口の見える付近で妻が出てくるのを待っていたのだが……。

「遅い……」

中で何かあったのか。突然体調を崩したのか。

それならレストルームにいる世話役の王宮メイドが知らせてくるはず。

ということは。

「……メイドをその場で従わせることのできる身分の高い女性がジゼルに絡んでいるのか」

チ、と小さく舌打ちをして、クロードは近くにいた侍従に「もし妻が出てきたらすぐに戻るのでその場で待つように」との伝言を頼み見張らせた上で転移した。
ある人物に助力を願うために。この場合、協力を要請すべきは……。

「それで、ギルマン卿は私にレストルームに走れとおっしゃるのね?」

転移魔法にて突然現れたクロードに、アイリスはそう言った。

クロードはジゼルの様子を見に行ってもらう相手にアイリス王女を選んだのだ。

この件に高位な家門の女性が絡んでいるのなら、王宮のメイドやたとえ副騎士団長夫人といえどミコラでは太刀打ちできない。

それならば手っ取り早くどんな高貴な家柄の者よりも身分の高い人物に頼むのが得策とクロードは判断したのだ。

「王族を使うのが手っ取り早いと思うのはどうかと思いますわよ」

アイリスがそう言うとクロードは口の端を上げた。

「おや、顔に出てしまっておりましたか」

「まぁ確かに、私が行くのが一番手っ取り早いですわね」

「殿下の侍女を貸していただくだけでも充分なのですが……妻のことをお願いしてもよろしいでしょうか?」

「仕方ありませんわね。他ならぬジゼルお姉さまのためですもの」

「ありがとうございます」

「はい。お任せくださいませ」

アイリスはそう言ってジゼルのいるレストルームへと向かった。

「よろしくお願いします」

クロードはアイリスが去った方へ頭を下げた。

そして待つこと四半時《しはんとき》、ジゼルと数名の令嬢を連れたアイリスが戻ってきたのであった。

「ジゼル！」

ジゼルの姿を目にした瞬間にクロードは手を伸ばして妻を引き寄せ懐に抱え込んだ。

いきなりクロードの腕の中に閉じ込められ、ジゼルは驚いて夫を見上げる。

「クロード？」

「ジゼル、心配したよ。なかなかレストルームから出てこないから……」

「それで心配して畏れ多くもアイリス殿下に？　豪胆やなぁ～」

「キミのことが大のお気に入りであるアイリス殿下なら手っ取り早く連れ戻してくれると思ったんだよ」

「また手っ取り早いって言った」

クロードがジゼルに対して言った言葉にアイリスがそう反応すると、クロードはアイリスに極上の笑みを向けた。

アイリスによりクロードの前へと引きずり出されたミレリーたちは所在なさげにオロオロとしている。

クロードは令嬢たちを一瞥してアイリスに尋ねた。

「……妻はこのご令嬢たちと？」

「そう。レストルームで絡まれておりましたわ」

アイリスがそう答えるとミレリーは慌てて反論してきた。

「絡むだなんてとんでもない！　少しお話をさせていただいていただけですわっ」

「お話？　どのような？」

クロードが今度はミレリーに訊く。すると彼女は自分の考えが間違っていないことを証明するために、気を取り直して告げた。

「数々の功績を上げ叙爵されたクロードさまの妻に、元平民女性では務まらないと教えて差し上げていたのです」

「……ほう？」

「王家の信任厚く、騎士団の中でもその実力を誰もが認めているクロードさまはこれからますますご出世なさると皆が期待していると聞きました。そうなれば血筋も素養も大したことのない妻では夫の足を引っ張るだけですもの」

自信ありげに嬉々《きき》として語るミレリーの言葉を聞き、ジゼルは焦った。そして素直な感情を口にする。

「え？　そうなん？　うちはクロードの出世の邪魔をしてもうてる？」

愛する夫の輝かしい人生航路に漬物石の如く居座っているのだとしたら、それは悲しすぎる。申し訳なさすぎる。

そう思ってとりあえずクロードから離れようとしたジゼルだが、より強い力でホールドされて腕の中から逃れることが叶わない。

するとジゼルの頭の上から声が降りてきた。

「ジゼル。バカが何か言っているが考えてみてごらん？　もし俺が出世欲のある人間なら、元々からしてジゼルに結婚の申し込みなんてしていないよ。俺は騎士団にちょこちょこ顔を出していたウサギを妻にと望んだんだから」

「ご令嬢をバカて……で、でも結局はウサギやのうて虎やったわけやし。あの頃とはクロード自身の立場が違うし……」

ジゼルがそう言うとクロードは肩を竦めた。

「それは早く任務を終わらせて新妻であるジゼルの側に戻りたい一心でがむしゃらに働いたからだ。結果的にそれが功績となって騎士爵を賜っただけだよ。その後もひとえにジゼルのために頑張ってきただけの話だ」

「クロード……」

「ジゼル、愛してる。キミが俺の妻であることが非難されるというなら、俺は王国に剣を返して王国騎士団を辞める。ジゼルがいない人生なんて考えられない。キミが側にいてくれないと俺はもう、剣を握る力さえ入らないんだ」

「クロード……！」

情熱的に、でも真摯に思いの丈を語るクロードに、ジゼルは胸熱になった。

チョロい？　仕方ない、だって夫を愛しているのだから。

チョロチョロ〜っと絆《ほだ》されて自分の胸に戻ってきたジゼルをより一層深く腕の中に抱え込んで、クロードは安堵した。

そして今度はジゼルに向けるものとは一線を画した目つきでミレリーたちを見た。

その冷たく鋭い眼光に令嬢たちは息を呑む。

クロードは温度を感じさせない声色で言う。

「誰が誰に相応しくないと?　それでアンタはどうなんだ?」

「わ、ワタクシならクロードさまの良い妻になれますわっ!」

「アンタは俺にとって良い妻はどんなのだと思ってるんだ?」

「それは当然!　クロードさまの騎士団でのお立場を磐石とする後ろ盾となれる家の娘であることですわ!　加えて財力もあれば言うことなしでしょう。ワタクシこそがクロードさまの理想の妻となれるのですわ!」

得意げに断言したミレリーに、クロードは嘲笑した。

「くっくっくっ……子供の浅知恵か」

「こ、子供ですって!?」

「いいかお嬢さん、アンタは知らないだろうから教えてやる。俺にとって理想の妻とは、飯がうまく作れて優しくておおらかで全てを包み込んでくれて、俺の子供を生み深い愛情を注いで慈しんで育ててくれる女だ。さらに昼間は良き妻良き母として貞淑でいて、夜はベッドの中で俺にしか見せない妖艶な姿で翻弄してくる。そんな俺の理想、俺のロマン全てを叶えてくれるのが妻のジゼルなんだ。ハッキリ言わせてもらう。アンタみたいな高慢ちきで家柄しか自慢するものがない、ついでに他者を敬う気持ちをも持ち合わせない、さらに色気もない女に興味はない。ないないない尽くしだ。わかったならさっさと消えてくれ」

「なっ……⁉」「ぷっ……！」

クロードの辛辣なもの言いに驚愕するミレリーの声とそれを聞いて笑うアイリスの声が同時に聞こえた。

ミレリーは真っ赤な顔をして声を荒らげた。

「なんて無礼なっ！　たかが騎士爵を持つだけの男のくせに！」

「その男に横恋慕して自分の方が相応しいと豪語したくせにフラれたからと逆上するなんて更にお子様ですわね」

アイリスにそう言われ、ミレリーはさらに逆上した。

「なによっ！　今は第二王女なんて偉そうにしているけれど、貴女なんて所詮は母親は身分の卑しい元庶子じゃない！」

「ヒッ」「ミ、ミレリーさまっ……」

ミレリーの腰巾着の令嬢たちはミレリーの発言に青褪《あおざ》める。

そしてこれはヤバイと一人また一人と逃げ去り、この場を立ち去った。

彼女たちは所詮は強いものにくっつくだけの小判鮫《ざめ》だ。取るに足らないとアイリスは放置することにした。

しかしミレリーは話が別だ。この者が口にした数々の暴言を許すつもりはない。

その上で今、王女に向けて発した言葉は都合が良い。

アイリスは本当は言われた言葉に対し何も思わないのだが、敢えて傷付いたフリをして言った。

「酷いですわ……！　確かにわたくしは市井で生まれ育ちましたが、今は国王陛下《お父さま》と国のために懸命に研鑽《けんさん》しているというのに……！　ハモンド侯爵家はそのように思っていたというのねっ……！」

アイリスがそう言ったのを受け、ミレリーはハッと我に返った。

逆上して王女にとんでもない発言をしてしまった上に、ハモンド侯爵家の名を出され、アイリスがこれを家を巻き込んでの騒ぎとする意図があることを察したのだ。

ミレリーは途端にあたふたと言い訳を始める。

「い、いえっ……あの、今のは言葉の綾《あや》で、決してワタクシとハモンド家の考えというわけではなくてっ……そ、そうですわ！　皆がそう申しておりますの！　それを王女殿下にお伝えしたくて申したのですっ……！」

「まぁそうなの？　ではみんなとは誰？」

「え？　あの……？」

デジャブだろうか。先ほどもレストルームでこのやり取りをしたような。

そんなことを考えるミレリーにアイリスは言い放つ。

「言い逃れは見苦しくってよミレリー・ハモンド侯爵令嬢。わたくしは今の貴女の発言をハモンド侯爵家の総意と取って、厳重な抗議文を送らせていただくわ。もちろん、王家から正式な書簡として」

「お、お許しをっ……！　どうか父や兄や家の者にはこのことは内密にっ……内密にお願いします！」

必死になって縋るミレリーを一瞥し、アイリスは言った。

「今までもそうやって家にバレないように好き勝手やってきたのかしら？　だとしたらとうとうヤキが回ったわね。ついでにこれまでの分も合わせて罰を受けなさい」

「そんなっ……！　殿下っ！　クロードさま！　助けて！」

「俺はアンタに名を呼ぶことを許した覚えはないが？　というか話をしたのは今日が初めてだよな？」

クロードにもすげなく言い返され、とうとうミレリーは泣き出した。

「いやぁっ！　助けて！」

泣きわめくミレリーを連行するようにアイリスは側にいた警護の騎士たちに言った。

「連れていきなさい」

「は、離して！　離してぇっ！」

ミレリーは騎士二人に両脇を抱えられ、引きずるように連行されていった。

その一部始終を呆気に取られて見ていたジゼルがぽつりとつぶやいた。

「まさかここまでの騒ぎに発展するとは……」

そんなジゼルにアイリスは言った。

「ハモンド侯爵家は前々から黒い噂が絶えないらしいですから、もしかしてこれをきっかけに失脚なさるかもしれませんわね……」

「怖っ」

レストルームでの嫌がらせ発言からまさか政治的な問題に発展すると思いもしないジゼルであった。

「ではわたしはお兄さまたちに諸々の説明をしに行きますわね。お二人とも、最後までパーティーを楽しんでくださいませ！」

「アイリス殿下、誠にありがとうございました」

ジゼルを救い出してくれた礼で、クロードはアイリスに頭を下げた。

ジゼルもそれに倣い、アイリスに礼を言う。

「アイリス殿下、助かりました。本当にありがとうございます」

「いいえ。ジゼルお姉さまのためならばこのくらい朝飯前ですわ！」

そう言ってアイリスは立ち去った。

後にはジゼルとクロード、二人だけが残された。

互いに顔を見合せ思わず笑う。

「ほんま波乱万丈な社交界デビューになったわ」

「キミのことだからすんなりはいかないと思ったけど、まさかこんなことになるとは……ね」

「なによそれ、人をトラブルメーカーみたいに」

でもジゼルにしてみればそのおかげでクロードが今も自分を変わらず愛してくれているのがわかった。

心変わりをしているなんて思ったこともないし疑ったこともない。

それでもやっぱりこうやってクロードの深い愛情を感じ取ることができると嬉しくて堪らないのだ。

ジゼルはつま先立ち、夫の頬にキスをした。

感謝の気持ちと、自分も同じ想いであることを。

するとクロードの手がジゼルの後頭部に回され、逃れることもできないままに口づけをされる。

パーティーが始まる前は口紅が落ちるからと禁止していたが、こうなったからにはジゼルもそれを受け入れる。受け入れたいのだ。

そしてジゼルの唇を堪能したクロードが、名残惜しそうに少しだけ唇を離して言う。

「本当はもう今すぐにでも帰ってキミを寝室に連れ込みたいが仕方ない。もう少しだけパーティーに顔を出して、それからすぐに帰ろう」

「ふふ。わかったわ。でももう一度だけレストルームに戻ってもいい？」

「なぜ？」

「口紅がすっかり取れてしまったから、塗り直さなくては会場に戻れないわ」

「それなら、レストルームに戻る前にもう一度だけ」

クロードはそう言ってまた、引き寄せられるようにジゼルに口づけをした。

特別番外編三

サブーロフ夫妻の出会い

初夜の後、家を出たきり戻らないクロードに見切りをつけて自分で借りた古いアパート。

そこにクロードが転がり込んでからもそのままなし崩しに住んでいた。

2DKのアパートは夫婦二人暮らしなら充分な広さなので不自由はなかったからだ。

だけどこの度、老朽化によりアパートは取り壊されることになり、大家さんから立ち退きを要求された。

そこでクロードは王城に近く買い物が便利で公園も多い庶民の居住エリアの一等地に家を購入して、ギルマン夫婦は移り住むことになった。

一応騎士爵を持つ末端の貴族なのだから貴族の居住エリアに家を構えるべきなのかもしれないが、とくに生活のリズムを変えるつもりのないクロードとジゼルにとってはそんな場所で暮らすのは息が詰まるだけだ。

なので平民の居住区画で家を探したのであった。

それでもジゼルにとっては夢のような贅沢な暮らしである。

中産階級の世帯が住む庭付き4LDKのテラスハウス。

壁紙や家具、カーテンやラグなど全てをジゼルの好みで揃えた憧れていた空間だ。

何よりも嬉しいのがキッチンが広くなったこと。

前世の浪花花子時代から料理が好きなジゼルにとって一番嬉しいことであった。

「ああ……大きな魔石オーブンが置けるなんて素晴らしい……！　この世界にも電子レンジがあれば言うことなかったんだけど」

「デンシレンジ？」

ジゼルのひとり言を聞いていたクロードがそれは何かと尋ねてきたが説明のしようがないので適当に笑っておいた。

「ガーデニングなんかもしちゃう？」

小さくてもせっかく庭があるのだから、ちょっとした花壇を作って好きな植物を植えた。

素敵な家に、稼ぎの良い上に優しく溺愛してくれるイケメンの旦那。

ジゼルは今幸せの絶頂にいるのだと思った。

「ハッ、ということはこれからは転がり落ちるだけ？」

と不吉な考えが頭を過ぎったが、頂点の上の更に上を目指せばいいのだとポジティブに考え直した。

そうして始まった新居での新しい暮らし。

それが落ち着いた頃の休日に、珍しくクロードと非番の日が重なったサブーロフ卿とその夫人が遊びに来てくれた。

サブーロフ子爵邸は貴族の居住区画にあるが思いのほか近いのだ。

互いに王城の側に居を構えるのだから区画は違えど距離が近づくのは当たり前ともいえるが、とにかくこれからは気軽に互いの家（と屋敷）を行き来できるだろう。

その記念すべき第一回目の訪問に、夫婦揃って来てくれたことがとても嬉しかった。

クロードにとってもサブーロフは上官ではあるが気の置けない先輩でもある間柄。

共に何度も死線を潜り抜け信頼関係も厚い。

そしてその妻であるジゼルとミコラもなぜか気が合う友人として付き合っていた。

まさに家族ぐるみでの付き合い。

今日はそんなサブーロフ夫妻を招いてのささやかな昼食会と洒落《しゃれ》こんだのであった。

ジゼルが前日から仕込みを開始し、朝早くから腕を奮った料理が並ぶテーブルを皆でぐるりと囲む。

普段は夫婦二人の生活にしては少し大きかったかな? と思うテーブルもサブーロフが席に着くと小さく感じるのがおかしかった。

それをべつに口に出したわけではないのだがミコラにすかさず、「うちの人がデカくてごめんなさいね」と言われた。

だけどその「デカくて」の部分に溺愛エキスがふんだんに含まれているのを、すでにジゼルは知っている。

そうして和気あいあいと昼食を共にし、食後のお茶を飲んでいたら急に夫二人は腹ごなしに庭で鍛錬すると言い出した。

「なんで休みの日にわざわざ? それに食べてすぐに動いたら脇腹痛くなるで」

とジゼルが言っても、騎士という職業が脳みそにまで染み付いている二人は体を動かさないと逆に気持ち悪いらしい。

止めても無駄だと思ったジゼルは庭に出ていく夫たちを見送り、ミコラにお茶を淹れなおした。

そして二人だけで静かになったリビングでミコラに言う。

「そうやちょうどいい。せっかくの機会なんやから以前言っていたお二人の馴れ初めを聞かせてくださいよ」

「あら聞きたい？」

「ええ、ぜひ。お二人がどうやってご夫婦になられたのか猛烈に興味あります」

ジゼルがそう言うとミコラは笑みを浮べて頷いた。

「わかったわ」

そうして昔のことを思い出しながら語り出す。

「……私があの人と初めて出会ったのはね、王城での夜会がきっかけだったの」

⚜

当時ミコラは一七歳。それまで商人の娘として平民という身分で生きてきたのだが、前の年に父が手掛けた事業が大成功を収めた。

それにより国に多大な国益をもたらしたとして、父は準男爵に叙爵された。

そしてその娘であるミコラは準男爵令嬢となってしまったのであった。

平民なら一七歳で婚約者が決まっていなくてもとやかくは言われない。

だが貴族の世界の婚活適齢期は非常に早く、一七歳で結婚相手が決まっていないそれ即ち〝Ｔｈｅ行き遅れ〟。

そんな恐ろしい烙印《らくいん》を押されてしまうのだ。

したがってこの年になっていきなり社交界デビューを余儀なくされたミコラはもれなく行き遅令《おくれい》

嬢《じょう》デビューも果たすことになってしまった。

ミコラは自他共に認める平均的な容姿である。

ココアブラウンの髪は艶やかで自慢だが、髪と同じ色の瞳に平均的な身長に体格。

そして顔面偏差値も平均的(自分では中の上だとは思っているが)でまったくもって特筆するところのない普通の娘だった。

父の社交界との関係と自分の婚活のために夜会やお茶会への出席を義務付けられていたが、ミコラにとって父が準男爵の位を得て恩恵を受けたと感じたことは一度もなかった。

むしろ生き方と価値観が違う世界にいきなり放り込まれていい迷惑だ。

そんなこんなでミコラは今夜も夜会出席という苦行を強いられていた。

エスコートは父が務めてくれるが、その父は貴族への顔繋ぎや商談などで忙しくミコラの側にはいてくれない。

突然足を踏み入れることになった社交界に友人などいるはずもなく、ミコラはいつも会場に入って早々に壁の花になるのであった。

そうやっていつも定位置につき、壁のシミの如くじっとしていると、わざわざ近づいてきて嫌味を言っていく連中が毎回いる。

今夜は婚約者同士のどこぞの令嬢と令息であった。

「いつも壁の端におられますのね? まぁご自分の身の程を弁えてらっしゃるのは良いことだと思いますけれど」

意地の悪そうな令嬢が意地の悪そうな顔をしてそう言うと、婚約者であろうこれまた意地の悪そうな顔をした令息が意地の悪いことを言った。

「卑しい商人の娘だからな、運良く貴族籍を賜ったとしても所詮は準男爵。存在だけで鬱陶しいのだからそうやって隅っこで小さくなってくれているのは良いことだろう」

「まぁおほほ。そうですわね」

そうやって意地悪く好き勝手言っては気が済んだら去っていく。

そんな扱いを夜会に出席する度に受けていた。

「もうイヤっ……」

ミコラは心底嫌気がさし、一人王城の庭園へと逃げ出した。

父にも、貴族としてのマナーを教えてくれる講師にも決して一人で夜の庭園へ出てはいけないと言われていたのだがどうしても会場にいたくなくて、一人になりたくて飛び出したのであった。

庭園の奥まで行かなければ大丈夫。

巡回している騎士たちだっているのだ。だから少しだけ、少しだけここで息をつきたい。

そうしなければ呼吸困難で倒れてしまいそうだったから。

準男爵令嬢になってかれこれ一年。そろそろミコラは精神的に限界を迎えていた。

父のためを思えば貴族の令息と結婚した方がいいのだろう。

だけどミコラはこんな思いを一生しなくてはならないのかと思うと耐えられない。

絶対に貴族男性とは結婚したくなかった。

そんなことをミコラはベンチに座って考えていたら、俯いていた視界の端に男性の靴の爪先が見えた。

慌てて顔を上げると一人ではなく数名の年若い男性がいた。

下卑た笑みを浮べている者、蔑んだ眼差しを向けてくる者、そして害意を含んだ昏《くら》い目をしている者。

ミコラは本能的に危険だと思った。

すぐにここから、この者たちから離れなければならない。そう思い無言で慌てて立ち上がり、ミコラは会場に戻ろうとした。

が、男の一人に腕を摑まれる。

「きゃっ」

小さく悲鳴を上げて腕を摑んでいる者を見ると、それは下卑た笑みを浮べていた男だった。

そして頭の先から足の先まで舐めるようにミコラを見て、こう言った。

「ははっ、平民上がりの女だがこうやって見るとなかなかいい女じゃないか」

「だが所詮は金で爵位を買うような男の娘だ。性根は腐っているに決まっている」

「お前を痛めつけたら、お前の父親は少しは身の程を知るかな?」

不穏なことばかり言う男たちにミコラは言い返す。

「あなたたちっ……な、何を言っているんです？　手を離してくださいっ！　こんなことをして、許されると思っているんですかっ！」

なんとか負けじと気丈に振る舞うミコラを嘲笑うように昏い目をした男が言った。

「許されるんだよ。俺たちは生まれついた……いや生まれる前から誇り高き血筋を誇る貴族だ。お前のような平民風情とは格が違うんだ。そんなお前をどう扱おうが誰も咎めることはしない。この社交界に、お前の味方なんて一人もいないんだよ」

そう言ってから昏い目をした男はミコラの腕を摑んでいる男に言った。

「庭園の納屋にでも連れていって可愛がってやれよ。どうせ婚約者も後ろ盾もないような女だ。父親同様、生意気にも貴族の真似事をしたことを後悔させてやればいい。そしてもう二度と、この高貴な王城に足を踏み入れられないようにしてやれ」

「っ……！」

その残酷な言葉を耳にして、ミコラは息を呑む。

これから自身に起こる惨事を理解して、身が竦み心が凍る。

「やっ……いやっ……！」

ミコラは必死になって抵抗するも、もう一人の男に口を塞がれてしまい声を上げて助けを呼ぶ術を奪われた。

「早く連れていけ」

昏い目をした男が低く冷たい声でそう言い放つ。

他の二人の男は下品な笑い声を上げてミコラを抱えた。

『このままでは凌辱《りょうじょく》されるっ……！　助けてっ……！　本当にここには私を助けてくれる人は誰もいないのっ？　誰でもいい、誰でもいいからお願い助けてっ！』

ミコラは心の中で必死に叫んだ。

声に出すことすら許されないその叫び声が誰にも届かないことはわかっていても、叫ばずにはいられなかった。

だがその時、誰かがミコラの体を片腕で軽々と抱き寄せ、ミコラを捕らえていた男二人を一瞬で吹き飛ばした。

「うわあっ!」「ぐげっ……!」

殴られ、蹴り飛ばされた男二人の情けない声が聞こえ、ミコラは恐る恐る自分を片手で抱える人物の方を見た。

『……誰?』

社交界に在するほとんどの人間の顔を知らないミコラがわからなくて当然だが、その人物が王国騎士団の団服を身に着けていることから騎士であることはわかった。

助かった……ミコラは瞬時にそう悟った。

それにしてもなんと体の大きな騎士だろう。

自分を軽々と片手で抱える腕はまるで丸太のようだ。

ミコラの頭の先よりもまだ上にある肩の幅広さ、そしてミコラの頬を逆に押し返してきそうなほど弾力があるも分厚く硬い胸板。

ミコラを一瞬で救ってくれた騎士のあまりにも圧倒的なその巨軀に目を白黒させていると、昏い目をした男が焦燥感を顕にその名を呼んだ。

「サ、サブーロフ卿っ……!」

アドリアン・サブーロフ子爵。

身長一九〇センチ、体重九〇キロ。好きな食べ物はビーフステーキ。嫌いな食べ物はなし。

王国騎士団所属の聖騎士。現在、特別任務隊…通称特務隊の副隊長を務めている。

二年前に父親が病死したことによりサブーロフ子爵を襲爵。

二三歳独身。かつて家同士の繋がりで結ばれた婚約者がいたが、仕事人間のサブーロフに嫌気が差し、ついでに魔も差した婚約者が既婚男性との不貞を働いた。

それが明るみに出て婚約解消となった経歴がある。

「アドリアン……サブーロフさま……」

父に頼んで調べてもらったサブーロフについての調書を読んで、ミコラはその名をつぶやいた。

あの日、あの夜会で性質《タチ》の悪い貴族令息三名に襲われそうになったところを、臨時の巡回騎士として見回りをしていたサブーロフにより救われてから三週間が経とうとしていた。

三対一であったにもかかわらずサブーロフにより一瞬で捕らえられた貴族令息たちは、王家主催の夜会にて問題を起こしたとして厳しく処罰された。

その後余罪も次々に明らかになり、令息たちは身分剥奪の上国外追放となるという。

貴族至上主義を掲げ選民思想の激しかったであろう彼らは、まさか自分が平民になるなど思いもしなかっただろう。

そんな彼らがこれからどのような人生《みち》を辿るのか……。

「それはもうざまぁあそばせ、だわ」

ミコラはそうひとり言《ご》ちた。

それにしても気になるのはあのサブーロフ卿である。

ミコラを抱きとめ片腕が塞がっていたにもかかわらず、複数の成人男性を一瞬で制圧できる恐ろしい強さだった。

加えてあの体格……けっして美貌の騎士とは言えないが、とても凛々《りり》しく整った顔立ちをしているのを、念のためと連れていかれた医務室でばっちり確認した。

そして……あの時感じた彼の鋼のように硬い体が忘れられない……。

あの日以来、ミコラはサブーロフのことばかり考えるようになってしまっていた。

『助けられたからといって惚れてしまうなんて我ながらチョロすぎない? それともこれは恋ではなくただ恩義を感じるだけなのかしら?』

いずれにせよ、八歳で初恋なるものを経験して以来恋愛には疎いミコラにはこの胸に抱える気持ちがなんなのか、その答えはわからなかった。

「もう一度お会いしたらわかるのかしら? ……よし!」

生来思い立ったら即行動、というアクティブな性格の持ち主であるミコラ。

彼女は己の中にあるこの感情の名前を知りたくて、とにかく行動に移すことにした。

父に頼み、先日助けていただいた礼をしたいと連絡を入れてもらう。

だけど先方からは【すでにお父上から礼状を受け取っているし、王城に仕える騎士として当然の務めを果たしただけなのでお気遣いは無用に願いたい】というようなことが書かれた返信が届いた。

これは……これ以上ミコラが彼に関わると迷惑になるのだろう。

彼は穏やかで優しく誰にでも親切で誠実という性格という、調書に書かれていたことしか知らないので確かなことは言えないが、少なくとも選民思想を持つような人物ではないだろう。

だけど相手は子爵でこちらは一代限りの準男爵だ。しかもサブーロフ家は建国以来の歴史の古い家だと聞く。

身分の釣り合いが全く取れないわけではないが、だけとやっぱり子爵家と成り上がりの準男爵家では釣り合わないということなのかもしれない。

なのでミコラはもうこれ以上はサブーロフのことを考えるのはやめようと思った。

考えてはいけない。関わらないようにしなければ、彼の手を煩わせるようなことだけはしたくない。

それに彼は貴族だ。ミコラが結婚したくないと思っている貴族。

もし、万が一……いや億が一にでも彼と縁が繋がったとして、ミコラはこの先も貴族社会で生きていかねばならないなんてそんなのは無理だと思った。

だからサブーロフのことはただの憧れという結論で終わらせると、ミコラは自分にそう言い聞かせた。

そう言い聞かせていたのに……。

「……え？　お父さま？　今なんとおっしゃったの？」

「お前に縁談がきたぞと言ったんだ！　しかもお相手はお前を助けてくださったあの、サブーロフ子爵だ！」

ミコラは父の言ったことが俄《にわか》には理解できず、しばし呆然とした後、ようやく言葉を押し出した。

「な、なぜ……？」

ミコラの心の底からの疑問を父は呆《あき》れた発想で返してくる。

「そりゃもちろん、子爵はあの夜お前を見初めてくださったのだろう。お前は清楚で……少しお転婆だが心の優しい美しい娘だからな!」

「そんなお父さまの偏った妄言はいいから」

「妄言とはなんだ、本当のことだろう」

「もう! とにかくどうしてこんなことにっ?」

ミコラはわけわからず頭を抱え込んだ。

結局父はとりあえず改めて顔合わせの席を設け、それで二人の意向が合えばと返事を送り返したらしい。

そうしてミコラは再び、サブーロフと会うことになったのだった。

今度は、お見合いとして。


色々と悩んでいるうちに見合い当日となってしまった。

ミコラは父に、サブーロフは一応叔父に付き添われて、王都の一流レストランの個室を貸し切っての会食となった。

そして食事が済めばお決まりの「後は若い者同士で」ということになり、レストランの庭を散歩することになったのだ。

サブーロフは騎士であり貴族男性だ。ミコラをエスコートする様がさすがスマートである。

憧れの男性のエスコートで散歩なんて、もう夢のようだ。

たとえ今日のこの見合いで「ご縁がなかったことに」と断られてもいい思い出ができたとミコラは思うことにした。

サブーロフが庭石を踏みしめる足音のなんと力強いことか。そしてその足の大きなこと。

ミコラはこの足に全力で踏みつけられたら自分の足なんてひとたまりもなくぺったんこになるだろうなぁなんてムフムフ思いながら黙って歩いていた。

すると徐にサブーロフがミコラの方へと顔を向けて謝ってきた。

「……申し訳ない」

「えっ？　何がですか？」

サブーロフの大きな足にばかり気を取られていたミコラは驚いた声を出してしまった。

「俺は……いや私は鍛錬一筋、仕事一筋で生きるしか能がない無骨もので……その、女性が喜ぶような気の利いた話などできないのだ」

「まぁ、それがどうして申し訳なく思われるのですか？」

ミコラが素直な気持ちで尋ねるとサブーロフは頭をかきながら答えた。

「だって私といてもつまらないだろう？」

「？　……ではなぜ、私に縁談を申し込んでくださったのですか？　サブーロフ卿のご親戚の方が勝手に進めた、そういうことですか？」

「いや違う。縁談は私の意思だ」

「えっ」

『私の意思だ私の意思だわたしのいしだワタシノイシダ……』

ミコラの中でサブーロフの言葉がこだまする。

サブーロフが照れくさそうに続きを話した。

「あの夜会の庭園でキミを見て、一目惚れしてしまったんだ……」

「結構暗がりでしたよね？」

「俺にはキミが輝いて見えた。仕事柄、夜目も利くしな」

『キミが輝いて見えた輝いて見えたかがやいてみえたカガヤイテミエタ……』

またまたサブーロフの声がミコラの心の中でこだまする。

「だが私はキミより五つも年上で融通が利かないつまらない男だ。キミのような若い娘さんに好かれる要素などどこにもない。だからこの縁談《はなし》は遠慮なく断ってくれてかまわない」

「ありますよ。私がサブーロフ卿好きになる要素は沢山あります」

「え？　そ、それは……？」

「まずその穏やかでお優しい性格が好きです。務めに誠実なところも正義感がお強いところも好き。そして何より……」

「何より？」

緊張しているのかサブーロフがごくんと唾を呑む音が聞こえた。

その力強い嚥下音を聞いてミコラは告げた。

「何よりその雄々しいお姿！　高い身長も低い声も大きな手も大きな足も広い肩幅もそしてそして全身を包むその鋼のような筋肉も全てがサブーロフ卿の魅力的なところですわ！　これがどうして

好きにならずにいられましょうか！」

一気に言い募ったミコラの勢いに気圧されながらもサブーロフは「そ、そうかありがとう……」とこくこく頷きながら言った。

でも次の瞬間にはミコラは悲しげな表情を浮かべる。

「でも……残念ながら貴方は貴族です。私、結婚するなら平民男性がいいんです……」

好きだと言いながらも縁談に後ろ向きな発言をするミコラにサブーロフは言った。

「……その理由を訊いても？」

サブーロフのその問いかけに、ミコラは小さく頷いた。

「私、貴族社会が大嫌いなんです。平民上がりだとバカにされて友人が一人もできないし。先日も意地悪なことを言われて居場所がない会場から逃げ出して、それで庭園で襲われたんです……貴族なんて……嫌い……」

黙ってミコラの話を聞いていたサブーロフだが、やがてぽつりとつぶやくように言った。

「じゃあ……貴族ではない、私個人としてどうだろうか？　キミの目から見て、キミの夫に相応しいだろうか……？」

「え……？　サブーロフ卿個人として……？」

「やはり私のような男とは結婚なんて無理だろうか……」

「とんでもない！　むしろウェルカムです！　カモンです！　結婚したいと思ってます！　あなたのその筋肉を独り占めしたいとまで思ってますもの！」

悲しげに言うサブーロフの様子に堪らなくなって、ミコラはつい本心をぶち撒けていた。

「そ、そうか……ありがとう。それなら結婚云々は置いておいて、まずは友人として始めてみないか？」

「え？　友人、ですか……？」

「そうだ。私をキミの社交界での友人第一号にしてもらえないだろうか」

「サブーロフ卿が……友人……」

なんて贅沢な！　と内心思うミコラにサブーロフは言った。

「とりあえず、来月の夜会のエスコートを友人として務めさせてほしい」

『エスコートを務めさせてほしいエスコートヲツトメサセテ……』ミコラの頭の中は、サブーロフの声がこだましまくっていた。


ミコラは今日、初めて父ではない男性にエスコートされて夜会へ出席していた。

ミコラを伴い会場へ現れたサブーロフを見て、誰もがド肝を抜かれている。

婚約解消となって以来、護衛任務以外でサブーロフが夜会に顔を出したのは初めてであるからだと思われる。

それも成り上がり窓際《まどぎわ》令嬢として知られるミコラをエスコートしているのだから、皆が驚いても仕方ないと思う。

『目立っているわっ……かなり目立ってしまっているわっ……！　私が一緒でサブーロフ卿の評判

が落ちてしまうかもしれない。は、早く壁際に消えなくてはっ……』

会場中の視線にいたたまれなくなったミコラが無意識に壁の方へと移動しようとすると、すかさずサブーロフがぐいっと腰を抱いてそれを阻止した。

「っ……っ？」

大きな手と硬い腕を腰に回され、ミコラは思わず息を呑む。そんなミコラにサブーロフは優しげな笑みを向けた。

「どこへ行くつもりだい？」

「ちょ、ちょっと壁の点検に……」

「それは王城に勤める職人の仕事だよ？　彼らの仕事を奪ってはいけない」

「そうです、わね……」

サブーロフスマイルに当てられて頬を染めるミコラの腰を抱いたまま、サブーロフは言った。

「おいで。ダンスをして私たちが友人であることを皆に見せつけよう」

友人は腰を抱いて移動したりはしないのでは？　と思うミコラだが、ダンスと聞いてハッとした。

「わ、私っ……ダンスはあまり得意ではありません……」

準男爵令嬢となって嗜みとしてダンスを習い始めてそれなり踊れるようにはなったが、まだステップを間違えることが圧倒的に多い。おまけに……

「私、よくダンスの先生の足を踏んでしまうんです……」

小さな声でしょぼんとして告げるミコラの頭上で小さく吹き出す声がした。

思わず見上げたミコラがサブーロフのブラウンの瞳と目が合う。

「それなら、最初から踏んでいれば問題はない」

サブーロフはそう言ってミコラと向かい合い、ヒョイっと彼女を自分の靴のつま先の上に立たせた。

「サブーロフ卿っ?」

両足で彼の足を踏んづけて立つ状態になったミコラが目を白黒させると、サブーロフはダンスポーズをとって告げた。

「これなら足を踏む心配も、ステップを間違える心配もしなくていい」

「で、でも貴方の足がっ……」

「ミコラ嬢が乗ったくらいではビクともしないよ」

「確かにホントにそうですね!」と叫びたくなったが音楽に合わせてサブーロフが踊り出したのでそれはやめておいた。

「まぁ! ふふ、ふふふ!」

どうなることかと思ったが、曲に合わせて流れるように踊るサブーロフのつま先に乗ってのダンスはとても楽しかった。

ミコラは自然と笑い出す。

「ふふふ! 卿はとてもダンスがお上手なんですね」

「体を動かすことはなんでも得意で好きだな。どうだ? 楽しいかい?」

「ええとっても! 今まで父としか踊ったことがなかったですし、父もダンスは不得意でして……」

「それなら、キミがダンスが楽しいと思えた記念すべき一曲を共にできたという栄誉ももらえたわけだ」

「大袈裟です」

「大袈裟ではない。……不思議だ、私はあまり女性との会話が長続きしないタイプの人間なのだが……キミとはすらすらと自然体で話ができる」

「それは私を異性とは認識していないからですよ……」

「そうではない、そんなことはない。キミが私にとって稀有《けう》な存在なんだ」

踊りながらキッパリとそう告げるサブーロフに、ミコラの心臓は跳ね上がった。

ダンスのリズムに心臓のドキドキと刻む鼓動が重なるようだ。

アップテンポの曲で良かったと思うミコラであった。

ダンスの後は二人で軽食をつまんだりドリンクを片手に談笑したりと、生まれて初めて夜会を楽しめた。

サブーロフという守護神を連れているせいか、今日は一度も嫌味を言われたり意地悪をされていない。

彼に守られているのが如実にわかる。

彼と一緒なら何も怖くない、ミコラは素直にそう思えた。

夜会も終盤を迎え、そろそろ帰ろうかという時間になり、サブーロフはクロークに預けているコートやバッグを取りに行ってくれた。

その間エントランスの踊り場にあるソファーに座って待つミコラに一人の女性が声をかけてきた。

「あなた、どうやらアドリアンに上手く取り入ったようね」

「え？」

アドリアン……サブーロフをファーストネームで呼ぶ女性をミコラはぽかんとして見つめる。

「準男爵家風情の娘が座ったまま会話をするの？　これだから成り上がりは、お里が知れるとはこのことを言うのね」

嫌味たっぷりのその言葉に我に返り、ミコラは慌てて立ち上がった。

「失礼しましたっ……あの、失礼ついでにお聞きしますがどちらさまでしょうか……？」

相手が誰なのかわからないものは仕方ないと率直に尋ねると、女性は鼻白んで答えた。

「あなた、私が誰だか知らないわけ？」

「ええごめんなさい。ご存じの通り私は社交界デビューして間がないものですから」

「ふん、こんな平民上がりの女をどうしてアドリアンは……」

「あの……」

先ほどからなぜこの女性はサブーロフをファーストネームで呼ぶのだろう。

彼の親戚か友人か。それとも、もしかして……

ミコラの脳裏に浮かんだとある名前を、ものすごいタイミングでクロークから戻ってきたサブーロフが呼んだ。

「イブリアっ？」

「アドリアン……！」

サブーロフに名を呼ばれ、ミコラと対峙《たいじ》していた女性は頬を上気させてサブーロフの方へと駆け出した。

そしてサブーロフに向き合い、うっとりとした表情で彼を見上げる。

「会いたかったわアドリアン。私、この国に帰ってきたの……！」

「……イブリア……いや、バーグ男爵夫人、貴女はご結婚されて隣国で暮らしておられたのでは？」

二人の会話を耳にして、ミコラは自分の予想が当たっていたことを理解した。

イブリアとはサブーロフのかつての婚約者の名前だ。

仕事ばかりのサブーロフに不満を持ち、不貞を働いた上に婚約解消となった……。

婚約解消後は隣国に住む三〇も年の離れた男爵位の男性と結婚したとつい最近知ったが。

そのイブリアがサブーロフに言う。

「私ね、離婚したの。やっぱり私にはアドリアン、貴方しかいないとようやくわかったわ。この国に帰ってきて、貴方がまだ独身であると知った時の私の喜びがわかる？　貴方は私のことを忘れられなかった。だから未だに独身だったんでしょう？」

イブリアの言葉を聞き、ミコラはそうだったのか……と得心した。

サブーロフのような素敵な男性がなぜ今まで誰とも結婚しなかったのか不思議に思っていた。

本人は仕事に心血をそそいでいたからと言っていたが本当は元婚約者のことが忘れられなかったからなのか。

ミコラは一歩二歩と後ろに下がり、その場から静かに立ち去ろうとした。

忘れられなかった元婚約者が離婚して戻ってきてくれたのだ。

サブーロフにとってこれほど嬉しいことはないだろう……。

ミコラのコートはサブーロフが持ったままだが、このまま受け取らず何も言わずに帰ろう。

今日のお礼くらいは言いたかったけど、二人の邪魔をしてはいけない。

そう思い、静かに踵《きびす》を返そうとしたミコラの手が急に後ろから掴まれた。

驚いて振り返ると、そこには慌てた様子でミコラの細い手首を掴むサブーロフがいた。

「ミコラ嬢っ……一人でどこへ行くつもりだ?」

「あの……私、先に帰ります。今日は……本当にありがとうございました。夜会が楽しいと思えたのは初めてでした……全てサブーロフ卿のおかげです。とても、とても良い思い出になりました……それでは」

そう言って立ち去ろうとするミコラだが、サブーロフに手首を掴まれたままなので動けない。

「あの……」

手を離してもらえないだろうか。困惑するミコラにサブーロフは言った。

「無事に家まで送り届けるまでがエスコートだ」

「そ、それでしたらお気遣いなさらず……一人で帰れますから……」

「あなたは私に一人寂しく帰りの馬車に揺られろと?」

「え? で、でもそれはイブリアさまと一緒にお帰りになられるのでは……?」

「なぜ私がバーク元男爵夫人と一緒に帰らねばならんのだ? もう全くの無関係な人間なのに」

「「え?」」

ミコラとイブリアの声が同時に重なった。

そしてイブリアは怪訝《けげん》な表情を浮かべてサブーロフに言う。

「……あ、あの? アドリアン? 無関係ということはないんじゃないかしら? 私たちは堅い絆で結ばれた婚約者同士だったんだし」

「その堅い絆とやらを断ち切ったのはバーク元男爵夫人、貴女だ。婚約解消となったのだからもう無関係な人間だろう」

「そ、そんなっ……でも貴方は未だに独身を貫いていて、それは私を待っていてくれたからでしょう?」

「いや?　単に仕事に忙殺されていて結婚をする相手を見つける時間がなかっただけだ。結婚したいと思う相手もいなかったしな」

「ウソ……だ、だって……」

サブーロフにキッパリバッサリと断言され、イブリアはショックのあまりよろめいた。

そしてよろめく足で後ずさり、そのはずみで踊り場から続く階段を踏み外してしまったのだ。

「っ！」

普段から考えるよりも先に行動に移してしまうミコラの癖がここでも遺憾なく発揮されてしまう。

サブーロフよりもイブリアの側にいたミコラが咄嗟に段差を踏み外し階段を落ちそうになっているイブリアの腕を掴んで引き上げたのだ。

が、そのはずみで今度はミコラが体勢を崩してしまい、階段から転げ落ちてしまった。

「あっ……」

「きゃ――――っ!?」

それを見て悲鳴を上げるイブリアの声がどこか遠くに感じた。

勢いよく飛び出してしまったので今は宙に浮いている状態だが、次の瞬間にはきっと段差を落ちていく衝撃と到達した床に打ち付けられる衝撃が襲ってくるに違いない。

ミコラはそれらの、我が身に起こるであろう衝撃を覚悟した。

だが次の瞬間、どこかに体を打つ前にすっぽりと全身を覆い隠された。

そしてその自分を包み込む何か越しに伝わる衝撃。

それなりに激しく打ち付ける感覚はすれどもミコラはまるで硬い殻に閉じ込められた感覚で、痛みも何も感じなかった。

そしてやがて一番強い衝撃を感じた後、階段下まで落ちたのだと理解する。

ミコラは慌てて顔を上げて自身の身体を包み込む何かを見た。

するとそれは……

「サブーロフ卿っ⁉」

そこにはミコラを庇《かば》って階段を転げ落ちる衝撃を全て引き受けたサブーロフが横たわっていた。

ミコラは仰向けになった彼と向き合う形となってしっかりと抱き込まれている。

だからミコラは傷一つなく無傷でいられたのだった。

未だに抱き抱えられた状態で顔を上げてサブーロフの安否を確認する。

人ひとりを抱え、庇いながら落ちたのだ。いくら普段から鍛えている騎士とはいえ無傷でいられるはずはない。

ミコラは真っ青になりながら必死に彼に呼びかけた。

「サブーロフ卿っ！　しっかりっ……しっかりしてください！」

すると呻《うめ》くような戦慄《わなな》くようなつぶやきが聞こえた。

「……アドリアンと、名を呼んでほしい……」

ミコラは必死になって言われた通りにサブーロフのファーストネームを呼んだ。

「アドリアンさまっ！　アドリアンさまっ！　大丈夫ですかっアドリアンさま！」

「ミコラ……キミが貴族が嫌いなのはわかった。それでも俺は貴族だ……それは変えられん。だけど、だけどどうしても俺はキミと結婚したいんだ……優しくて寛容なキミに惚れた……頼むミコラ、どうか俺と、俺と結婚してくれ……」

サブーロフの懇願にミコラは脊髄反射で答えた。

「します！　あなたと結婚します！　貴族は嫌いだけどアドリアンさまは大好きですっ！　私っ……アドリアンさまのお嫁さんになりたいっ……！　だから、だから死なないで！」

ミコラがそう叫ぶように言うと、サブーロフはいきなりガバリと身を起こし、ミコラを抱き抱えたまま彼女に言った。

「本当かっ？　ミコラ、俺の妻になってくれるんだなっ？」

「ア、アドリアンさまっ？　お怪我は？　体は大丈夫なのですかっ……？」

ミコラが目を丸くしてサブーロフに確認すると、彼は平然として答えた。

「これくらいの段差から落ちたくらいじゃなんともないな。頭を打たないようにだけ気をつければ。まぁ擦過傷くらいはできているかもしれないが、そんなものは唾を付けとけば治る」

無事だと聞き、ミコラは安堵すると共になんだか腹が立ってきた。

「もう！　なんて無茶をするんです！　いくらアドリアンさまが鋼のような強靭《きょうじん》な筋肉を纏っていたとしても、人を抱えて階段を落ちるなんて大怪我をしたかもしれないんですよっ⁉」

「それはこちらのセリフだな。キミこそなんて無茶を。キミに何かあっては悔やんでも悔やみきれない。それよりもミコラ、言ったな？　俺と結婚すると言ったな？」

「言いましたよもう！　完敗です！　アドリアンさまの頑丈な筋肉と優しさにノックアウトです！　貴族だからってなんですか！　上等です！　結婚でもなんでもしてやろうじゃないですかっ！　一生私を守ってくれるんでしょっ⁉」

ミコラが勢い余ってそう言うと、サブーロフはミコラをぎゅっと抱きしめた。

力強く。だけど触れる手は驚くほどに優しく。

「ああ約束する。キミをいじめる者は何人《なんぴと》たりとも許さない。必ずキミを、生涯守り抜くと誓うよっ……！」

「アドリアンさまっ！　私も一生！　アドリアンさまの筋肉を守ると誓います！　決して衰えさせません！」

二人はひしと抱きしめ合いそう誓い合った。

それを階段の上の踊り場で力なく座り込んでいたイブリアと夜会に訪れていた貴族たちが呆然として見ていた……。


「と、まぁこうして私はアドリアン・サブーロフの妻となったのでした。そこからはあっという間の一〇年だったわ。そしてあの日の誓いを、今も私たち夫婦は守り続けているというわけね」

と、そこまで語ってミコラはジゼルが淹れた紅茶を口に含んだ。

夢中になってミコラの話を聞いていたジゼルが我に返る。

「もんのすごい大恋愛スペクタクルロマンやないですかっ……まるでラノベの世界みたい……！　そ

れで？　そのサブーロフ卿の元婚約者やった女性はその後どうしたんです？」

「うーん、あの後いつの間にか会場からいなくなっていて……その後またどこかの貴族の後妻になったとか聞いたわねぇ。今度は四〇歳の年の差婚だったとか」

「はぁ……まぁ自業自得ですね」

ジゼルの言葉に頷きながら、ミコラはリビングの窓から外を眺める。

「……私たち夫婦にもまだ子供はいないけれど。それでも互いに焦る気持ちはないの。もしかしたらこれから授かるのかもしれないし、授からない時は分家から養子を取ればいい。私たちは一生、共にいることを誓ったのですもの」

「ミコラさま……素敵ですっ……その覚悟があったから、だから以前旦那さまが任務のために何カ月も帰ってこぇへんでも離婚することなく、しかもウチみたいな部下の妻に謝りに来られたんですね」

「夫の元婚約者は任務に忙殺されるあの人を見限って裏切った。だから私は絶対に、あの人の帰りを待つと決めていたの。だけど彼の部下たちの家族はそうとは限らないでしょう？」

「はい。私はとっとと見限ったクチですわ。まぁ結局は絆されちゃいましたけど」

てへぺろっと肩を竦めてジゼルは白状した。

「でもそのおかげで今、とても幸せでしょう？」

窓の外を見て話すミコラと同じく、ジゼルも窓の外を見つめながら答えた。

そこにいる、愛する夫に優しげな眼差しを向けながら。

「……ええ。ホンマに。ホンマに幸せです」

「これからも旦那さまたちは国のために危険な任務に就くことが多々あるでしょう。また何カ月も帰らない日々もくるかもしれない。だけど……」

ミコラが何を言いたいのか、それが痛いほどわかるジゼルが言葉を継ぐ。

「だけど必ず。旦那さまが帰る場所で在り続ける、そんな存在でいたいと思います」

ジゼルの言葉に、ミコラは笑みを浮かべて頷いた。

ジゼルがミコラに言う。

「ミコラさん、私らも庭に出ませんか」

「いいわね。旦那さまたちだけにあの綺麗なお花を堪能させるのはもったいないわ。どうせ花言葉のひとつも知らないくせに」

「ぷっ……同感です」

「ええ、任せて」

そう言い合いながら、ジゼルはミコラと共に庭に出た。

その日、花壇に植えてあった花の花言葉をミコラは教えてくれた。

中でもジゼルが一番印象的だった花言葉は、

黄色い水仙の〝わたしの元へ帰ってきて〟であった。

お終い

わかっていますよ旦那さま。どうせ「愛する人ができた」と言うんでしょ?

~ドアマットヒロイン、頭をぶつけた拍子に前世が大阪のオバチャンだった事を思い出す~/了

わかっていますよ
旦那さま。
どうせ「愛する人ができた」と
言うんでしょ？

～ドアマットヒロイン、頭をぶつけた拍子に前世が大阪のオバチャンだった事を思い出す～

あとがき

このあとがきまで辿り着いたあなた様。本作を最後までお読みくださり誠にありがとうございました。作者のキムラましゅろうでございます。

キュンとジレジレとお笑いと筋肉とたこ焼き、作者の好きなものをギュギュッと詰め込んだこの作品、実は小説投稿サイトで連載中に書籍化のお話を頂きました。完結まで至るかどうかわからない状態であるにもかかわらず、お声かけくださった担当Sさんの情熱に後押しをされながら、何がなんでも書き上げるぞ! とパッションして書き上げたお話なのです。

サイトでは完結しましたが、書籍の方では新たに構成をし直して皆様のお手元に届いている形となっております。

今後の展開も投稿時とはまた違う展開になっていくと思いますので、投稿サイトでのラストをご存知の方もそうでない方も楽しんでいただけましたら幸いです。

長くなりましたが、今後もジゼルとクロード、そしてサブちゃんをよろしくお願い申し上げマッスル。

最後に、読者の皆様、ポンコツ作者を導いてくれた担当のo様、S様、家族、そしていつも癒しを提供してくれるnの会の友人たちに心からの感謝をこめて。

ありがとうございました。

キムラましゅろう

MAG Garden NOVELS

わかっていますよ旦那さま。どうせ「愛する人ができた」と言うんでしょ?
～ドアマットヒロイン、頭をぶつけた拍子に
前世が大阪のオバチャンだった事を思い出す～

発行日　2024年10月25日 初版発行

著者 キムラましゅろう　イラスト 花宮かなめ

発行人　保坂嘉弘
発行所　株式会社マッグガーデン
〒102-8019 東京都千代田区五番町6-2
〒102-8019 ホーマットホライゾンビル5F
編集 TEL：03-3515-3872　FAX：03-3262-5557
営業 TEL：03-3515-3871　FAX：03-3262-3436
印刷所　株式会社広済堂ネクスト
担当編集　須田房子（シュガーフォックス）
装　幀　木村慎二郎（BRiDGE）＋矢部政人

本書は、「小説家になろう」（https://syosetu.com/）作品に、加筆と修正を入れて書籍化したものです。

ISBN978-4-8000-1507-5 C0093　Printed in Japan

著者へのファンレター・感想等は〒102-8019（株）マッグガーデン気付
「キムラましゅろう先生」係、「花宮かなめ先生」係までお送りください。